마음의 쉼표 하나

| 최명숙 지음 |

도서출판 해조음

마음의 쉼표 하나

마음의
쉼표 하나
드립니다

처음이라는 말에는 무한의 설렘이 담겨 있습니다.
그 설렘에는 오랜 시간 속을 걸어온 내가 있습니다.
햇살이 맑은 날도, 비가 오는 날도 있고 꽃 피는 들판을 걷다
가 낙엽 지는 숲길을 지나기도 합니다. 또 어느 때는 어둠 속
에서 막막하다가도 아침은 찾아왔습니다.
그리 걸어온 날들은 첫발을 내딛던 순간순간의 시간마다 또
설렘을 만드는 삶이었습니다. 수레바퀴 같은 삶의 인연(因緣)은
서로 다른 어제와 오늘 그리고 내일로 여기 서 있습니다.
그렇게 가고 오는 삶의 자리마다 찾았던 마음의 쉼표들을 모
아 책으로 엮었습니다. 살아온 날을 소소하게 써온 글들과 수
년간 신문의 칼럼으로 썼던 글을 모았습니다.
언제나 설렘을 안고 첫발을 내디딘 길 위에서 봄의 꽃과 여름
의 신록, 가을엔 나락의 결실, 겨울의 눈 속에서 쉼이 되어 좋
은 인연으로 다가왔던 사람들에 관한 이야기입니다. 있는 것

도 아닌 듯 없는 것도 아닌 듯 살아온 흔적입니다.

책 속에 실린 잔잔한 흔적들을 읽으면서 누군가는 "아, 나도 그랬어"라며 공감의 미소를 짓고 숨찬 언덕을 올라가는 누군가에게는 잠시 숨을 고르는 세상의 쉼표 하나가 되기를 기원합니다.

항상 작가로서 활발하게 활동할 수 있도록 지지하고 생애 첫 수필집을 발간하도록 지원을 해주신 서울문화재단에 깊이 감사드립니다.

그리고 칼럼으로 게재했던 원고를 책으로 엮을 수 있도록 배려해주신 에이블뉴스 백종환 대표님과 법보신문 이재형 대표님, 모래알처럼 흩어진 원고를 좋은 편집디자인으로 완성해주신 도서출판 해조음 이주현 대표님께 감사드립니다.

2024. 11

최명숙 두손 모음

목 차

1부

우리는
자신의 삶을
주제로 찍는
사진작가

사람 사는 정이 녹아있는 책 한 권
구리 료헤이의 작품 '우동 한 그릇'

    오늘은 잔잔한 감동이 있는 책 한 권에 대한 이야기를 하고 싶다.

    일본작가 구리 료헤이의 작품 '우동 한 그릇'은 일본 국회에서 한 의원에 의해 낭독되었고, 그 후 일본열도 전체를 울려 '눈물의 피리'라고 불렸던 화제의 작품이다.

    이 작품은 섣달그믐날 밤, 우동집 북해정에 아이 둘을 데리고 들어온 여인이 머뭇거리며 '우동을 한 그릇만 시켜도 되느냐?'고 묻는 것으로 시작된다.

    세 모자의 어려운 처지를 눈치챈 여주인은 주방에 '우동 1인분'이라 크게 외치고 주방에선 1인분에 반 덩어리를 더 넣어 끓여낸다. 세 모자는 다음 해 섣달그믐날 밤에도 우동 두 그릇을 시켜 나눠 먹고 간다.

    우동집 주인은 섣달그믐이 오면 그들이 항상 앉았던 자리를 '행복의 테이블'이란 이름의 예약석으로 비워둔다. 그러던 중 가난한 그 아이는 우동집 주인의 따사로운 마음을 잊지 않고 자신도 이다음에 우동집 주인이 되겠다는 글을 지어 글짓기대회에서 장원을 차지하기도 한다.

하지만 언제부턴가 섣달그믐날 밤이 되어도 세 모자는 그 우동집에 나타나지 않는다. 오랜 세월이 지난 어느 섣달그믐날 밤, 흰머리의 부인과 건장하고 훤칠한 청년 두 사람이 들어왔다. 북해정의 주인은 옛날의 그 세 모자임을 단번에 알 수 있었다.

우동 세 그릇을 주문하기 위해 그 먼 옛날의 우동집을 다시 찾은 것을 안 주인은 기쁨의 눈물을 감추며 힘차게 '우동 세 그릇'이라고 소리친다.

'우동 한 그릇'은 작은 배려라도 어려운 가족에게는 얼마나 큰 용기를 줄 수 있는가를 잔잔하게 보여 주고, 홀어머니의 힘으로 자식 둘을 성공시키기 위해 쏟은 모정을 아름다운 모습으로 표현하고 있다.

그들이 올지 안 올지 모르는데도 항상 그 자리를 비워둔 주인의 모습은 멀리 나간 자식을 위해 따뜻한 밥을 아랫목에 묻어둔 우리네 어머니의 마음과 같다는 생각이 든다. 그래서인지 '우동 한 그릇'은 잔잔한 감동으로 우리의 가슴을 따뜻하게 하였다.

물질만능에 빠져 차갑고, 인정 없는 요즘 사람들에게 우동집 주인과 세 모자가 나누는 정은 이 세상을 가치 있게 사는 의미를 생각하게 한다. 북해정의 주인은 단 한 그릇을 주문하는 손님도 반가워하면서 세상은 이렇게 사는 거라고 말하고 있는 듯하다.

꺼진 화롯불에 다시 불을 붙이고 우동 한 그릇에 애정을 실어 보내는 우동집 주인은 겸손함과 손님의 마음을 헤아리는 마음을 배우게 하였고, 돌아가면서 감사의 인사를 하는 세 모자의 마음은 보답할 줄 아는 마음을 배우게 하고 있다.

지금 자신이 하는 일이 주위 사람들에게 우동집 주인이 넣어준 한 덩이 반의 우동 사리 같은 것이 되도록 항상 나 자신을 돌아보는 마음을 잊지 말아야 하겠다.

우리 이웃에게 작은 배려가 되고 용기와 기쁨을 주는 우리들의 모습이 되었으면 하는 바람을 남겨둔다.

주말을 우울하게 만든 친구의 전화 한 통

봄비라도 내릴 듯이 흐렸던 지난 토요일 친구의 전화를 한 통 받고서 내 마음엔 먹구름이 끼어버렸다.

중학교 교사인 친구는 퇴근 후, 이웃에 사는 장애 학생을 일 주일에 두 번 집으로 데리고 와서 학습지도를 하고 있다. 여고 시절 수업 시간에 공부하기 힘들어 보였던 나의 모습을 잊지 못해 시작한 자원봉사란다. 장애로 인해 힘든 부문이 많은 교 과 공부에 도움이 되는 영어와 수학 지도도 하고, 동갑내기 아 들의 친구가 되어 스스럼없이 지내는 그 아이는 가끔 마음속 에 숨겨둔 이야기까지 한다고 하였다.

마침 아이의 엄마가 집을 비우게 되어 친구는 컴퓨터학원에 서 아이를 대신 데리고 오게 되었다. 학원교실에서 기다리고 있는 아이의 손을 잡고 강사인 듯한 젊은이에게 수고하시라고 인사를 한 후, 책상 옆에 놓여 있는 수업 순서지 같은 종이 한 장을 들고 복도를 걸어 나왔다. 그때 "이 봐요 아줌마" 하면서 그 아이의 선생인 듯한 사람이 달려와 당신이 뭔데 그 종이를 가지고 가느냐고 도둑을 잡은 듯이 따지기에 미안하다고 사과를 했으나 막무가내로 모욕을 주더라는 것이다.

"나도 아이를 가르치는 교사인데 오해가 있었나 보다"라고 하면서 맘을 풀라고 다시 이야기했으나 그 강사의 태도는 변하지 않더라는 것이다. 불쾌한 기분을 억누르며 돌아오는 길에 "그 선생님 원래 그래요. 문제가 많아서 이번 주만 나오고 그만두실 거래요."라고 하면서 들려준 이야기는 더욱 말문을 막아 버리고 말았다는 것이다.

한 달 전쯤 수업 시간에 한 아이를 놓고 인격을 무시하는 말을 해서 아이들의 엄마 몇 명이 항의했는데 그 말을 들었다는 아이를 앞에 놓고 그 강사와 또 다른 강사가 삼자대면을 하였다는 것이다. 아이들이 거짓말을 한 것으로 밝혀졌으나 아이의 인격을 무시한 건 사실이라고 하였다.

친구는 그 아이의 말을 들으며 잘잘못을 가리고 진실과 거짓을 가리기 전에 위압적인 분위기 속에서 아이들이 받았을 마음의 상처를 생각하니 가슴이 철렁하더라는 것이다.

아이들의 말에 진위 여부를 가리고자 하였다면 방법이 그 방법밖에 없었는지, 아직 어린아이들이 그 분위기에서 자기표현을 얼마나 하였는지, 속으로 얼마나 마음을 졸였을까 하는 생각을 하니 아이들을 가르치는 친구 자신도 부끄러운 생각이 들더라는 것이다.

친구는 고등학교 입학하여 영어 시간 첫 시간에 선생님이 내게 무심히 던졌던 "입 이상하게 벌리지 말고 그냥 앉아"라는 한마디 말이 나로 하여금 3년 동안 영어책을 전혀 들여다보지 않게 해 가슴이 아팠던 오래된 기억까지 떠올랐다고 하였다.

친구에게 위로의 말 대신 그 강사는 강사 나름대로 이유가 있었을 거라고 이야기는 했지만 나 역시 우울하기는 마찬가지였다. 서른 살도 안 돼 보이는 젊은 강사가 마흔이 넘은 학부모에게 그렇게 무례하게 굴었다면 그 사람은 올바른 교육을 받지 못한 사람이거나 인격 형성에 문제가 있는 사람으로 여기고 풀어버리라고 말해 주면서도 상처받았을 아이들이 자꾸 스쳐 지나갔다.

친구는 그날 일을 생각하면 지금도 잠도 안 올 정도로 모욕감에 기분은 나쁘고, 화가 나지만 교사라는 자신의 본분에 대해 다시 한번 돌아볼 기회가 됐다고 한다.

요즈음 맞벌이 부부가 늘어나, 아이들이 학교와 학원에서 보내는 시간이 늘어나고 부모와 함께 있는 시간이 적어지는 만큼 부모들은 아이의 생활에 더욱 관심을 갖고 아이의 말에 귀 기울여야 한다는 말로 끝나는 친구의 전화는 씁쓸한 기분과 더불어 항상 뇌성마비인과 생활하는 나의 모습은 어떠한지 비춰보는 거울이 됐다.

친구가 겪은 우울한 일화는 현재 아이들의 교육이 흘러가고 있는 한 방향을 보여 주는 좋은 예일 것이다. 또한 남의 사정을 돌아볼 겨를이 없는 바쁜 사회, 손익계산이 정확한 시대 속에서 나만을 생각하고 상대를 배려하는 마음이 없어져 인간미를 잃어 가는 세상의 일면을 보여 주는 것이다.

아이들의 미래는 어른들이 만드는 것이다. 아이들이 자라면서 상처받지 않고 건강하게 자랄 수 있도록 좋은 환경을 만드는 것도 어른의 몫이다. 사소한 말 한마디부터 아이들을 소중히 여기고 배려하는 마음을 담아서 하도록 하자.

날마다 조금씩 발전하기 위하여

오랜만에 들은 파블로 카살스의 첼로 연주는 여전히 환상적이고 아름다운 선율로 마음을 평화롭게 한다.

'카살스의 연주를 들어보지 못한 사람은 첼로가 어떤 소리를 내는지 상상도 하지 못하리라. 그것은 물질과 정신의 아름다운 종합이다'라는 첼로의 성인 파블로 카살스에 대한 찬사가 떠오른다.

96세로 세상을 떠날 때까지 첼로만을 사랑하고 연구하면서 제자를 가르쳤던 그에 대한 찬사와 명성은 그냥 이루어진 것은 아니다. 좋은 연주자가 되기 위해 일흔이 넘은 나이에도 하루 6시간이 넘게 연습하였다고 한다.

어느 날 신문 기자가 카살스와 인터뷰를 하기 위해 그의 집을 방문했다고 한다. 기자가 거실에 들어서자 바흐의 무반주 연주곡이 은은하게 거실을 채우고 그의 아내와 제자인 듯한 젊은이가 조용히 앉아서 차를 마시고 있었다.

신문 기자가 "카살스 선생님을 뵐 수 있을까요?"라고 묻자,

"지금은 연습 중이니 두 시간은 더 기다리셔야 할 것 같아요"
라고 그의 부인이 대답하였다.

물론 기자도 파블로 카살스가 많은 시간을 연습에 몰두한다
는 사실을 듣고는 있었지만 76세의 나이에 하루 6시간을 연습
한다는 부인의 이야기에 감탄하지 않을 수 없었다.

두 시간 후 연습실에서 나온 카살스를 보고 기자가 물어보
았다.

"역사상 가장 훌륭한 첼리스트로 존경받으시는 선생님께서
하루 6시간도 넘게 연습하시는 이유는 뭡니까?"

파블로 카살스는 첼로의 활을 내려놓으며 "그 이유는 지금
도 제가 조금씩 발전하고 있다고 생각하기 때문입니다"라고
대답했다고 한다.

파블로 카살스의 대답은 오늘을 사는 우리에게 생각하게 하
는 점이 크다.

우리들의 사는 모습을 보면 처지가 안 좋으면 안 좋아서 주
저앉고, 성공했다는 생각이 들면 성공해서 그 자리에 안주하
곤 한다.

우리의 삶도 첼로를 연주하는 것과 같다. 우리도 오늘 하루
조금씩 발전하기 위해 연습이 필요하다.

우리도 날마다 조금씩 발전하는 연습을 하자.

노래에 따뜻한 인생을 담은 친구 이야기

4월 마지막 토요일 오후는 라일락꽃 향기가 사람들의 낮은 숨소리에도 분처럼 막 묻어날 것처럼 짙게 풍겨왔다. 햇살 가득한 창밖의 나무들이 너무 싱그러워 퇴근할 준비도 안 하고 앉아 있는데 자기 자신을 제일 사랑하는 친구 여섯에게 신부 대현이가 번개를 쳤다.

두 달에 한 번 정기 모임이 있는데도 일 년이 넘도록 여섯 친구가 한자리에 모이기가 여간 힘들지 않았지만, 오늘만은 갑자기 받은 번개에 다들 놀랐는지 여섯이 다 모이게 되었다.

고2짜리 딸을 일류대학에 보낼 꿈에 부풀어 있는 지숙이, 무역업을 하는 철수, 변호사 사무실 사무장을 하는 준영이, 소아과 의사인 혜경이, 조용필의 노래를 잘 부르는 성직자 같지 않은 신부 대현이, 그리고 나, 우리 여섯 친구가 오랜만에 모였으니 할 말도 많고 생각나는 추억도 많다.

공부 잘하는 딸 자랑, 외국을 자주 드나들어 바람이라도 피울까 부인이 바가지를 긁어서 죽겠다는 넋두리, 유독 눈망울

20

이 초롱초롱한 어린 환자를 보면 그날은 밤새 잠을 이룰 수 없다는 이야기, 노처녀의 노자는 잘 해석해 봐야 한다는 너스레로 나의 얼굴을 붉게 한 짓궂은 농담, 일상에서 일어났던 자잘한 이야기와 웃음소리가 허공으로 날아갔다.

가정에서나 사회에서나 자리를 잡을 나이가 된 친구들은 주름이 늘어가는 수만큼이나 삶의 여유가 몸에 배는 듯하였다.

어둠이 내리고 가로등 불빛도 여섯 친구의 얼굴에 하얗게 내려앉아 우정을 비추고 있었다. 친구들의 얼굴을 바라보고 있노라니 나이가 들어도 이렇게 편안한 게 친구구나 하는 생각이 새삼스럽게 들었다.

한 줄기 바람이 싸하니 불어가니 누군가가 "대현아, 바람이 뭐라캤나 좀 불러 봐."라고 아주 작게 말했다. 바람이 또 한 번 불고 가니 대현의 노래가 버릇처럼 들려주던 그 목소리로 시작되었다.

내 영혼이~~ 떠나간 뒤에 행복한 너는 나를 잊어도
- 중략 -
바람이 불어오면 귀 기울여봐 작은 일에 행복하고 괴로워하며
-중략-
너의 시선 머무는 곳에 꽃씨 하나 심어 놓으리.
그 꽃나무 자라나서 바람에 꽃잎 날리면
쓸쓸한 너의 저녁 아름다울까, 그 꽃잎 지고 나면 낙엽의 연기

타버린 그 재 속에 숨어있는 불씨의 추억 착한 당신 속상해도
인생이란 따뜻한 거야.

까만 어둠을 보랏빛 라일락꽃과 함께 수놓은 노래는 허공으
로 황홀하게 퍼져나갔다.
친구들과 아무런 부담 없이 떠든 수다에 대현의 노래까지
들을 수 있던 4월의 마지막 토요일 오후는 노래 가사의 한 소
절처럼 인생의 따뜻한 우정이 있어 좋았다.
오랜만에 친구들과 웃고 떠들며 봄밤의 추억을 만들고 헤어
졌다.
친구들을 다 보내놓고 나를 집 근처까지 바래다 준 대현은 2
년 전부터 칠십이 넘은 부모님께서 연고가 없는 어르신 세 분
을 모시고 있는데, 부모님께서 당신들의 사후에라도 성직자의
길을 가는 아들이 소외된 노인들을 모시고 살았으면 하는 소
망을 유언처럼 하신 말씀을 이제는 실천해야겠다고 하였다.
자신은 복지란 말은 잘 모르지만 내 부모같이 어르신들 모시
면 되지 않겠냐고 말하는 대현의 얼굴이 참 환해 보였다.
좀 더 좋은 환경이 허락된다면 장애를 가진 어르신들을 모
실 계획이라 하였다.
대학 졸업을 얼마 앞두고 갑자기 신학 공부를 하겠다고 담
담하게 말하던 그날처럼 대현의 얼굴에는 엷은 미소가 감돌았
다. 그때처럼 무슨 이유가 있어서가 아니라 자신이 해야 할 일
이라고 생각이 들었던 것일지도….

차에서 내리는 내게 잘 가라는 인사 대신에 지금 하는 일과 미래를 생각해서 전문적인 공부는 게을리 하지 말 것을 당부하였다.

봄밤의 꿈같이 부르던 노래 속에 따뜻한 인생을 담은 친구 대현, 만인을 어루만지며 성직자의 길을 아름답게 가는 그의 마음을 헤아리며, 나 또한 더 나이 들어서 친구의 지지자가 되었으면 하는 바램을 가져 보았다.

당신은 어머니의 이름으로 늘 그 자리에

당신이 돌아오지 못할 길을 가신 날을 헤아리는 일조차 빛 바랜 사진 속 시간으로 남는 세월은 흘러갑니다.

그러나 5월이 되면 제비꽃 노래를 흥얼거리시던 모습이 불현듯 떠오르고 당신은 그리움의 자리, 그 자리에 늘 안타까운 모습으로 서서 손짓합니다.

고지식하고 꼬장꼬장한 성품을 가진 아버지가 "이럴 땐 니어미가 있어야 하는데" 하시면서 쓸쓸한 너털웃음을 웃으실 때 반백이 다 된 아버지의 주름이 깊어 보이고 당신의 빈자리가 더욱 커 보입니다.

엊그제 당신을 찾아갔을 적에 이제는 그곳에도 친구들이 많다고 말씀하셨죠.

어느 사인가 당신의 무덤가에 핀 할미꽃이랑, 제비꽃이랑, 하얀 무명초 피고, 시시때때로 노래를 불러주는 산새들이랑 함께 산다고, 이제 너도 나이가 들 만큼 들었으니 지나간 세월은 잊으며 살라고 하시는 것 같아 무척 허전하였답니다.

서울로 돌아오는 기차 안에서 초등학교 입학하여 얼마 되지 않았던 날, 학교에 가자면 30분도 넘게 걸어야 할 산길에 걱정되어 학교에 가는 나의 뒤를 몰래 밟으며 따라오셨던 당신의 사랑을 생각해 보았습니다. "돌부리에 넘어지면서도 휘청거리는 다리로 잘 가더라"고 말씀하시는 눈가에 고이던 눈물이 떠올랐습니다.

　"성치 않은 딸에게 평생 손과 발은 되어 줄 수 없으나, 5남매의 맏이로 제 몫을 다하고, 장애 때문에 상처받지 않고 세상을 향해서는 당당한 자존심을 지니고 살도록 해주십시오."라고 합장하며 간절히 기도하던 당신의 마음이 있었기에 세상은 그리 어렵지 않았습니다.

　당신과 이별하던 날에 철없이 어리던 동생들도 이제 잘 커서 어머니가 되고 어엿한 대학생이 되어 당신을 그리워합니다.

　당신 없는 자리 메우느라 가슴이 타고 주름살 깊어진 아버지는 쓸쓸한 담배 연기 내뿜으며 당신을 그리워합니다.

　어머니, 오늘 하루가 저물어 멀어지듯이 멀리 있는 당신을 그리워합니다.

　여름이 오면 봄이 잊히고, 가을이 오면 여름이 잊히고, 겨울이 오면 가을이 잊히고, 또 봄이 온다. 그렇게 흘러가는 세월 속에 꽃 한 다발 들고 가면 반가워해 주는 어머니, 거리마다 넘치는 카네이션의 물결을 보면서 또다시 당신을 그리워합니다.

나비넥타이의 노신사 고(故) 김학묵 회장님을 추억하며
꺾지 못할 의기와 호탕한 웃음 뒤엔 늘 너그러움이

인생을 살면서 인생의 지표가 되어 줄 만큼 존경하는 분이 있는 사람은 복 받은 사람이다. 내게도 그런 분이 한 분계시다.

그분이 바로 이 땅에 재활이라는 용어를 뿌리내리게 한 고 김학묵 한국뇌성마비복지회 전 회장님이다. 뇌성마비 인들의 재활과 복지는 물론 우리나라 사회복지계의 선각자이며 최고 어른으로 계시다가 2001년 5월 15일에 세상을 떠나시기 전까지 꼭 10년을 곁에서 모신 분이다.

타고나신 건강에 사람을 휘어잡는 카리스마를 지닌 눈빛과 목소리로 언제나 위풍당당하던 노신사, 빨간 나비넥타이와 중절모가 잘 어울리고 그 멋있는 외모에 걸맞은 매력과 유머를 지닌 그분의 모습은 아직도 눈에 선연하게 떠오른다.

나비넥타이를 즐겨 매는 노신사의 매력과 유머를 지니셨던 김학묵 회장님은 누구도 꺾지 못할 의기, 호탕한 웃음 뒤에는 너그러움이 숨겨져 있어 늘 사람을 감싸주는 정다운 분

26

이셨다.

늘 책을 가까이 두시고 새 지식과 새 생각들을 얻고자 노력하셨으며 '일신우일신' 하라고 쩌렁쩌렁하게 호통치던 음성은 영원히 지워지지 않을 듯하다.

언젠가 한 번은 요사이는 살기가 어려운지 남을 돕는 일에 그리들 관심이 없다고 원망 섞인 말씀을 드렸더니, 김학묵 회장님은 '세상인심 탓하지 말라, 오히려 남의 인심이 나의 인심보다 낫고 모든 인간은 선한 마음을 가지고 있다'며 너 자신 스스로가 먼저 실천하라고 호되게 야단을 치신 적이 있다.

결재를 맡으러 가면 뇌성마비인들에게 무엇이든 무조건 할 수 있다는 용기를 심어주는 것은 바람직한 게 아니다. 아무리 불편한 몸이라도 하느님께서 주신 한 가지의 재주는 꼭 있는 법이니 그것을 잘 발견하여 계발하고 살리는 게 중요하며 끊임없이 정진해야 한다고 강조하시곤 하였다.

지난 5월 15일 추모일이 다가와도 김학묵 회장님을 떠올리는 사람은 별로 없었다.

나 역시 늦게서야 충북 음성에 있는 그 분의 묘소에 다녀왔다. 그분이 마지막 세상과 이별하시던 날에 눈물로 받쳤던 시가 그분의 비석에 새겨져 있다. 내게 이 한 편의 시를 바칠 수 있게 하신 것은 그분의 사랑과 뜻이 끝나지 않고 계속됨을 보여주기 위함이었으리라.

먼길 가시는 당신에게

- 상략 -

당신은/우리에게 꿈과 희망의 싹을 틔워 주셨지요. / 이제 가지를
제법 뻗은 나무로 자라나 / 당신의 그늘이 되어드리기 위해 고개
를 드니/당신은 이별의 손짓을 하며 먼길 가시려 합니다/ '이 생명
과 힘을 눌린 것을 쳐들고 굽은 것을 펴는데 쓰리로다, 부리리로
다' 하신 당신의 말씀만이 떠나신 자리에 더욱 형형하게 빛나고
있습니다. ... - 중략-

20여 년 전 그분의 떠나가심을 슬퍼하고 애도하는 눈물은
이제는 가셨지만, 아카시아꽃 향기 흩날리는 5월이 되면 병석
에서까지 뇌성마비인들의 재활에 고심하셨던 그분의 참사랑
과 봉사의 실천을 기억하게 될 것이다. 비석에 새겨진 시어들
이 비바람에 씻겨 없어진다고 하더라도 그분의 의지와 뜻, 살
아오신 흔적은 우리나라 사회복지의 초석이 되어 남아 있을
것이다.

숲을 바라보듯이 세상을 바라본다면

마음의 눈으로 사람과 사물의 진실한 모습을 보게 되고, 마음의 귀가 열려 진실의 소리를 들을 수 있다면 우리가 살아가는 일상은 얼마나 즐겁고 근사할까요?

듣고 본다는 것, 만지고 느낀다는 것, 그것은 다름 아닌 삶을 살아가는 중요한 구성요소일 테니까요.

이것이야말로 인생을 사는 즐거움이요, 그 깊이와 정도에 따라 삶의 모습이 달라지고 기쁨과 슬픔을 재는 척도가 된다는 사실을 누구나 잘 알고 있지요.

눈앞에 보이는 것에 대해 어떠한 잣대를 가지고 무엇을 어떻게 보았느냐는 참 중요합니다. 어느 위치에서 어느 시간에 어떠한 마음으로 무엇을 바라보았는가에 따라 달라 보이겠지요.

그리고 누구와 함께 바라보는가도 참 중요할 것입니다.

함께 바라보고 같은 것을 느낀다는 것이 곧 바라보는 것을 통해 서로를 공감하는 사랑일 수 있기 때문입니다.

둘이 함께 있다고 하여도 함께 같은 곳을 바라본다는 건 쉽지 않은 일이지요. 같은 맘으로 함께 있다고 하지만 각기 다른 생각을 할 수 있으며, 함께 바라본다 하여도 사물을 바라보는 시각과 느끼는 빛깔이 전혀 다를 수 있어서 함께 바라보는 일이 서로 불협화음의 원인이 되기도 합니다.

사물을 바라보는 일보다 사람을 바라보는 일은 더욱 그렇습니다.

이 사람 눈에는 그늘이 져 보이는데 저 사람 눈에는 그늘이 져 보이지 않고, 어떤 사람의 눈에는 선해 보이는 사람인데 어떤 사람 눈에는 어리석은 사람으로 보이기도 합니다. 이런 것이 다 어떤 사물을 바라보는 데 있어서 각자가 이원론적 잣대를 가지고 있는 이유라 말할 수 있겠지요.

누군가와 세상을 바라보는 일이 눈앞에 푸르게 펼쳐진 숲을 바라보는 일과 같았으면 얼마나 좋을까요?

고개를 들면 하늘과 뭉게구름, 들꽃들의 향기롭고 황홀한 인사, 그리고 조건 없이 가슴에 와 안기는 계곡물 소리와 산새 소리, 어떤 마음도 받아들여 주는 울창한 숲은 산 아래의 세상 풍경과 사뭇 달라 사람의 시선과 마음을 하나로 만들어 줍니다.

마음 한 자락 접어놓고 한결같은 숲을 바라보듯이 세상을 바라본다면 사람 사는 풍경도 다를 게 없을 텐데요.

함께 있는 사람과 같은 곳을 바라보는 것에 대하여 공감하게 되었을 때 아마도 그 순간 둘이 아닌 하나가 되는 것일 테지요. 자연을 바라보았을 때처럼 사물에 대한 이원성의 마음을 없앤다면 어렵지 않은 일입니다.

　마음의 잣대를 없애고 늘 한결같은 숲을 향한 눈빛으로 우리 함께 세상을 바라보아요. 우리들 마음을 초록빛으로 깨우고 시선을 하나로 함께 바라보는 세상은 아름다워 보일 테니까요.

9월, 어느 흐린 날의 단상

큰 피해를 주었던 태풍 매미도 지나가고, 장마철같이 내리던 가을비도 주춤한 9월, 깊어진 가을입니다. 주말쯤에 비가 온다는 소식은 있지만 바람이 서늘하고, 구름 사이 약간약간 비치는 노을이 아름다운 저녁나절, 놀이터로 놀러 나간 조카를 찾으러 나갔습니다.

조카가 유치원의 또래 친구와 함께 놀이터 나무 의자에 앉아 도란도란 이야기하고 있었습니다. 장난감 정리 잘했다고 엄마가 사준 자동차 자랑, 서로 자기 선생님이 더 예쁘다는 주장, 수염이 긴 할아버지가 사자보다 더 무섭다는 동화 이야기 등등 때 묻지 않은 다섯 살의 동심으로 나누는 대화는 참 진지했습니다.

그 모습이 얼마나 천진난만하고 예쁘던지 두 아이의 대화를 한참이나 바라보았습니다. 두 아이를 지켜보다가 저 아이들처럼 순수한 대화를 나눌 친구가 얼마나 있는가 떠올려 보았습니다. 그리고 애정이 담뿍 담긴 시선으로 친구의 마음을 들여다보며 진심 어린 대화를 나눠본 적이 언제였는지도 생각해 보았습니다.

점점 더 복잡해지고, 빠르게 돌아가는 세상이어서 그런지 바쁜 생활에 휩쓸려 살아갈 뿐, 주위의 말을 귀 기울여 듣는다기보다 건성으로 지나쳐버리기 일쑤입니다. 생각하는 것조차 건성으로 하는 일이 많으니 빈 껍데기가 움직이고 있는 것과 다를 바가 없기도 합니다.

한곳에 머물러 있으려고 하는 사람은 하나 없고 종이배가 물결에 떠내려가듯이 그냥 앞으로 나아가려고만 하고, 만족하는 것 하나 없는 세상의 여기저기를 끊임없이 기웃거립니다. 그래서인지 타인의 말에 귀를 기울이고, 마음 깊은 곳에서 우러나오는 진심의 대화를 나누는 사람들은 드문 것 같습니다.

서로가 겉돌기만 하는 생활, 서로의 겉모습이 전부인 양 숨겨진 서로의 진면목이나 진심을 살필 생각을 하지 않으니 쉽게 실망하고 쉽게 이별 하는지도 모릅니다. 많은 사람을 만나고 그들 속에서 살면서도 늘 가슴은 비어 있어 허전하고, 항상 나 홀로 있는 것처럼 외로운 게 요즘 사람들입니다. 그게 바로 내 자신일 수도 있는 것입니다.

하지만 잘 드러나지 않아서 그렇지 누구에게나 진실한 자기 본연의 모습이 있습니다. 눈앞에 보이는 모습뿐만 아니라 그 이면에 숨겨진 다른 모습을 볼 수 있는 눈을 가질 수 있으면 세상은 순수한 어린아이의 마음으로 돌아갈 수 있을 것입니다.

우리가 어떤 한 가지 일을 생각하기 위해서 눈을 감아야 할 때가 있고, 상대를 바르게 보고자 할 때는 마음의 문을 열어야 할 때가 있습니다.

세상을 잘 보려면 마음의 눈으로 보아야 하고, 가장 중요한 것은 눈에 잘 띄지 않는다는 간단한 이치를 깨닫게 된다면 마음의 문도 열려 앞에 있는 사람의 참모습이 보이고 섬처럼 떠도는 군중 속의 외로움을 조금씩 덜어내게 될 것입니다.

그렇게 된다면 우리가 살아가는 데 있어서 만나는 사람마다 순수하고 진실한 마음의 말을 건네게 되고 나 자신도 그 순간에 소중한 한 사람으로 여겨질 것입니다.

11월에 기억나는 노래 '기차는 8시에 떠나네'

카테리니행 기차는 8시에 떠나가네

11월은 내게 영원히 기억 속에 남으리

내 기억 속에 남으리

카테리니행 기차는 영원히 내게 남으리

함께 나눈 시간들은 밀물처럼 멀어지고

이제는 밤이 되어도 당신은 오지 못하리

당신은 오지 못하리

비밀을 품은 당신은 영원히 오지 못하리

기차는 멀리 떠나고 당신 역에 홀로 남았네

가슴속에 이 아픔을 남긴 채 앉아만 있네

남긴 채 앉아만 있네

가슴속에 이 아픔을 남긴 채 앉아만 있네

창밖의 나무들이 모두 나목이 되어버린 11월의 끝자리에서
듣는 '기차는 8시에 떠나네'는 가슴 한구석이 비어가듯 애잔

하다.

그리스의 가수 아그네스 발차가 부른 것을 조수미가 번안하여 부른 '기차는 8시에 떠나네'를 듣고 있으면 기차가 섰다가 떠난 플랫폼에 기다릴 사람이 있는 듯, 혹은 사랑하는 사람을 기약 없는 길로 떠나보낸 이의 마음이 된다(아그네스 발차의 노래로 들어도 감동은 마찬가지다).

낯선 사람끼리 어깨 부딪는 스침으로 느끼는 삶의 쓸쓸한 흔적 같기도 하고, 그저 선율만으로도 애절함이 녹아드는 그런 노래이다. 사랑하는 사람이 이별하는 곳은 어디든지 카테리니가 되는 것을, 사랑을 애절하게 그리워하는 사람의 뒤에는 언제나 쓸쓸한 기차역이 있지 않을까.

이 곡은 그리스의 민중음악 작곡가 미키스 테오도라키스(Mikis Theodorakis)가 작곡한 곡으로 우리나라에서는 1998년 SBS 특별기획드라마 백야의 OST 곡으로 삽입되었었고, 소설가 신경숙의 번안으로 조수미의 음반 only love에 수록되어 두 사람의 예술적 우정이 돋보인 곡이기도 하다.

그리스의 혁명과 아픔을 담고 있는 이 곡이 우리나라에 들어와 90년대의 대표적 작가인 신경숙의 소설 '기차는 7시에 떠나네'에 스며들어 시대와 생의 어두운 길목을 서성이고 있는 듯하다. 소설의 제목도 이 곡에서 기인한 것일 것이다.

신경숙의 소설에서 보면 이 곡은 암호이다. 시장통 구석의 노을다방, 한 여자가 디제이 박스 안으로 '기차는 8시에 떠나네'를 '7시에 떠나네'로 노래를 신청한다. 디제이가 기차는 7시에 떠나네로 소개를 하면서 음악이 흐르면 일요일 7시에 모임을 갖게 된다.

한참의 시간이 흐른 뒤 다시 찾은 시간 속에서 시대의 폭력이 갈라놓은 진실한 사랑, 다른 여자가 낳은 모자란 아이를 키우며 살아가는 남자가 그리스의 민중가요 '기차는 8시에 떠나네' 속에 서 있는 것으로 소설은 마무리된다.

우리의 생은 흐르는 세월과 더불어 누적되어 가는 망각 속에서 희미해져 가는 것이다. 언젠가 누군가 겪었을 만한 사랑과 열정, 기억과 잊힘에 대하여, 애써 희망을 말하고자 하지만 세월 속에 묻어가는 것이다.

이 노래를 들으며 어떤 이는 백야에서처럼 아픈 상처를 떠올리며 아파하고, 어떤 이는 떠난 이를 찾아 여행을 가고 싶은 충동을 받을 것이다. 또 다른 이는 잊히는 것들에 관하여 이야기하게 될 것이다.

우리는 사랑하는 사람을 떠나보내고, 우리들의 생에 마지막 기차를 기다리는 삶의 기차역에서 잊혀가는 시간을 후회하지 않기 위하여 희망을 이야기하는지도 모른다.

11월이면 흥얼거려지는 '기차는 8시에 떠나네'처럼 세월은 그리움과 아픔도 되고 더러는 망각이 되어 흘러가고 있을 뿐인데….

크리스마스카드에 얽힌 잊지 못할 에피소드

연말연시에 크리스마스카드와 연하장이 담긴 우편함을 열어보는 것은 커다란 즐거움이다.

평소 잊고 살았던 지인(知人)들로부터 반가운 연하카드가 오고, 스승이나 멀리 떨어진 친지나 벗에게 연하카드를 보내는 일은 감사하고 그리운 마음, 소망을 이루고 건강하기를 기원하는 마음을 보내는 것이기에 보내는 사람도 받는 사람도 기쁜 일이다.

몇 년 전부터 크리스마스카드와 연하장도 인터넷 카드로 보내는 것이 새로운 풍속도로 자리를 잡고 있다. 종이인쇄 카드로 받는 연하카드보다 인터넷 편지함에 쌓이는 인터넷 카드로 주고받는 일이 일상화 되어버린 것이다.

김대중 전 대통령이 청와대 홈페이지 이용자 21만여 명과 어린이 4만여 명에게 연하장을 인터넷 이메일로 보내서 인터넷 선진국의 대통령답다고 화제가 되었던 일화가 생각난다. 머지않은 장래에 온갖 향기와 감촉까지 인터넷 카드에 함께 전송되는 시대가 올 것만 같은 예감이다.

나의 게으름을 탓이라도 하듯이 종이인쇄 카드와 인터넷 카드가 하루에 두세 통씩 도착하고 있다. 나 역시 인터넷을 통해서 연하카드를 보내고 있다. 살아 움직이는 듯한 플래시 카드에 감사하는 마음, 건강과 행운을 기원하는 마음을 듬뿍 담아 보낸다면 받는 사람도 반가워할 것이다. 정보화 시대를 사는 사람이라면 인터넷e 카드를 주고받는 것이 자연스럽고 당연한 일이다.

하지만 한 자 한 자 정성스럽게 써 내려간 글씨에서 잉크 냄새 풍기는 크리스마스카드와 연하장을 열어보는 것이 더 정겹고, 기쁨이 크다. 그 기쁨을 다른 사람에게도 나누어주고 싶고, 공유하기 위해 몇몇 지인에게는 직접 써서 보내고 있다. 그리고 도움을 주신 어른들께는 카드 대신에 문안 편지를 드리기도 한다. 비록 문안 편지는 글씨 쓰기가 힘들어 컴퓨터로 정서를 한 후 서명하여 보내지만, 봉투에 우표를 붙이고 빨간 우체통에 넣는 순간까지 감사한 마음 담는 것뿐만 아니라 추억까지 떠올리게 되니 즐거운 일이 아닐 수 없다.

올해도 책상 앞에 앉아 볼펜을 들고 카드를 펼치니 카드에 얽힌 추억 하나가 떠오른다.

초등학교 3학년 겨울방학 때의 일이다.

우리 옆집에는 남수라고 하는 고등학생 1학년 오빠가 있었다. 남수 오빠는 늘 비척거리며 골목을 휘젓고 다니는 내 가방을 들어주기도 하고, 바보라고 나를 놀리는 아이들을 혼내주기도 하였다. 그리고 토요일이면 집에 놀러 와 산수나 국어 공부를 가르쳐 주기도 하였다. 어머니께 초등학교 선생님이 되는 게 꿈이라고 말하던 모습이 언뜻 기억이 나기도 한다.

큰아버지 집에서 학교에 다니던 남수 오빠는 겨울방학을 하자마자 시골집으로 내려갔다.

크리스마스가 다가오자 나는 남수 오빠의 집으로 크리스마스카드를 보냈다.

"오빠 안녕하세요? 크리스마스가 다가와요

1년 동안 국어 공부랑 산수 공부랑 가르쳐준 오빠의 은혜에 감사드려요.

항상 건강하세요. 4학년이 되어서도 열심히 공부할게요.

오빠도 공부 열심히 하세요. 오빠의 명복을 진심으로 빌어드릴게요."

라고 뜻도 잘 모르는 '명복'이라는 단어를 써가며 한껏 문장에 멋을 부려서 크리스마스카드를 보냈다.

나의 크리스마스카드를 받은 남수 오빠는

"웃는 모습이 이쁜 명숙아, 방학은 잘 지내고 있니?

보내준 크리스마스카드는 잘 받았단다.

네가 이 오빠가 호호백발이 되어 죽은 후까지 걱정해 주는 카드를 받아서 더욱 기뻤단다. 그리고 많이 웃었단다. 그 보답으로 윤석중 선생님의 동시집 '꽃길'을 보내니 읽어보렴."

하며 답장을 보내주었다. 오빠가 많이 웃은 이유를 어머니에게 듣고 나서 나는 어린 마음에도 부끄럽고 창피해서 며칠

동안 어쩔 줄 몰라 했었다.

그 겨울 방학 동안 남수 오빠에게 서너 번 편지를 보냈고, 편지를 받은 오빠의 답장에는 편지 쓰는 법, 동시 읽고 쓰는 법 같은 글쓰기에 관한 내용이 적혀 있거나 오빠의 동생이 읽던 동화책과 동시집이 동봉되어 왔다.

지금도 연말이 되면 철없던 어린 시절의 크리스마스카드 사건이 생각나 웃음이 절로 나온다. 죽은 사람에게 쓰는 말인 '명복을 빈다'라고 쓴 나의 크리스마스카드를 받고 남수 오빠가 얼마나 황당하고, 웃음이 터져 나왔을까 생각하면 얼굴이 붉어지고, 화끈거린다.

재치 있게 나의 실수를 덮어주고 다른 아이들과 잘 어울려 놀지 못하는 내게 동화책과 동시집을 보내준 남수 오빠의 깊은 마음은 잊지 못할 고마움으로 남아있다.

이제 3학년짜리 초등학생이었던 나의 눈가에도 세월의 풍화 작용 같은 주름이 늘어간다. 아마 남수 오빠도 고등학교나 대학교에 다니는 자녀를 둔 중년의 부모가 되어 있을 것이다. 그리고 어느 곳에선가 초등학교 선생님이 되어 아이들에게 크리스마스카드에 얽힌 나의 이야기를 들려주고 있을 것만 같다.

올해도 비뚤 빼뚤 미운 글씨로 쓴 종이카드, 혹은 빠른 인터넷 e 카드를 보내면서 좋은 일로 1년을 살았음을 감사하는 마음과 그리운 마음을, 소원했던 사람에게 미안한 마음을 가져 본다.

연극 늙은 부부 이야기 - 그들만의 연가

연극 〈늙은 부부 이야기〉는 오래된 장맛같이 깊고 순수한 60~70대 두 노인의 슬프면서 살가운 늦깎이 사랑 이야기로 긴 여운과 감동, 가족에 대한 깊은 생각이 남는 연극이다.

2인극인 이 연극은 일 년이란 짧은 시간, 즉 봄 여름 가을 겨울을 기승전결의 구조로 삼아 사랑이 시작되고 승화되기까지의 과정을 담담하게 그리고 있다.

딸 셋을 모두 시집보내고 딸들에게 부담을 주기 싫어 혼자 사는 이점순 할머니와 너무나 이기적인 두 아들의 등쌀에 못 이겨 집을 뛰쳐나온 박동만 할아버지가 만나 사랑을 시작하다 할머니의 죽음으로 끝을 맺는 사랑의 방정식이다.

박동만 할아버지는 거처할 곳을 찾아 예전에 안면이 있던 이점순 할머니 집을 찾아온다.

집안을 이리저리 돌아보고, 할머니와 옥신각신 흥정을 해 월세를 정하고 이사를 결정한다.

이사를 온 박동만 할아버지는 부인과 20년 전에 사별하고 홀로 두 아들을 키웠지만, 부모에게는 전혀 관심이 없는 아들이었고 이점순 할머니 역시 딸 셋 모두 시집을 보내고 자식들에게 부담을 주기 싫어 홀로 살고 있었다.

이렇게 우연한 동거로 인해 각자 외롭게 살던 이점순 할머니와 박동만 할아버지는 점점 가까워지고 서로에 대해 알아가게 된다.

서로를 의지해 살아가던 중 이점순 할머니는 병으로 세상을 뜨고 결국 이점순 할머니의 죽음으로 인해 또다시 박동만 할아버지는 홀로 남게 되는 것으로 연극은 막을 내린다.

두 주인공이 티격태격하면서 솔직하고 소소한 삶을 전개하는 그대로의 상황 속에서 고요히 흘러가는 물처럼 편안해 보이는 사랑이 아주 신선하게 와 닿지만, 연민의 정을 느끼는 결말에서 노인들의 사랑이 현실의 벽을 넘어서기엔 우리 사회에서 아직 무리가 있다는 점을 메시지로 전하고 있다.

자칫 이 연극의 주제는 이미 익숙해진 주제로 여겨지고, 신파조로 끝맺을 수 있다고 보여졌다.

하지만 결코 익숙해지기 쉽지 않은 나이 든 어르신들의 사랑 이야기가 새삼 우리 가슴에 다가서는 것은 인간의 영원한 화두 '사랑'을 담담하고도 아름답게 그리고 있기 때문이다. 세상에서 숨길 수 없는 것이 기침, 가난 그리고 사랑, 이 세 가지라 하지 않았던가.

여기서 말하는 사랑은 젊고 예쁘기만 한 사랑이 아니라 나이와 사상, 국경도 초월한 가슴을 설레게 하는 모든 사랑을 말할 것이다.

우리는 삶을 사는 동안 영화 같은 사랑을 한번 해보기를 기대하고 소망한다.

하지만 타인들의 사랑에 대해는 냉담한 평가를 쉽게 내리고 특히 황혼기 어르신들의 사랑에 대해서는 더더욱 그렇다.

늙어서 주책이지, 자식 망신시키는 일이라든가, 그 노인네에게 돈이 있으니까 달려든다는 식으로 자식들부터가 곱지 않은 시선을 보내고 받아들이려 하지 않는다.

육십이 넘은 나이에 가슴 떨리는 사람을 만나 자식 앞에 섰을 때를 생각해 보라.

이 연극은 절대 늙지 않을 것 같은 착각에 젖어 있는 우리에게 뜨끔한 일침을 놓고 있다.

세월은 나이를 주고, 그 나이를 받은 육체는 늙어가지만, 감성은 나이를 먹지 않고 사랑은 늙지 않는다는 그 평범한 진리를 잊지 말자.

평생 자식을 위해 살아온 어르신들에게 아직 뜨거운 가슴이 살아있고, 노년의 축복일 소중한 기회를 놓치는 일이 없도록 배려하고, 외로운 그들만의 연가가 아닌 축복 받는 사랑이 될 수 있도록 박수를 보내드리자.

그늘진 구석에도 향기 전하는 꽃으로 피기 위해

전국적으로 건조주의보 내렸던 주말인데 반가운 비가 내리고 있다.

몇십 년 만에 기록을 경신하는 따뜻한 기온 속에 내리는 비는 완연한 봄비이다.

비가 그치면 담장 밑에 상사초가 고개를 내밀었나 살펴보아야 하겠다는 안동의 한 시인의 메일을 받고는 봄이 오는 것을 발밑에 밟히는 흙의 부드러움에서 느낀다고 한 그가 부러워졌다.

차 한잔 앞에 놓고 가만히 앉아 듣는 빗소리도 좋지만 베란다 문을 열고 비가 오는 모양을 바라보는 것도 괜찮은 일이다. 사무실에서 하루 일과를 마치고, 연락되는 이들과 간소한 저녁을 나누고 돌아와 혼자 있는 시간은 내리는 비처럼 아득하면서 행복하다.

사람이란 생활을 하면서 번잡한 일에 집착하고 매달리다 보면 사람 본연의 모습을 잃어버릴 때가 많다. 또한 사람 사는 일이 뜻대로 되는 것만은 아니어서 번잡한 일에 집착하면서 휘둘리기 일쑤인데 오늘은 시어를 고르다가 스스로 집착에 빠져들었으니, 오늘이 바로 그런 날 저녁이다.

오래전에 이문열 소설 '아가'에 나오는 '당편'이란 말 때문에 장애 여성인 내 정체성에 대해 한참 동안 고민을 한 적이 있고 소설가인 M 신문사 기자인 J가 쓴 수필 '청맹과니의 연가'를 읽으면서 시각장애인을 일컫는 옛말인 '청맹과니'란 말을 참 아름답게 표현해 감탄한 적이 있었다.

아주 오래전 모 단체에서 청맹과니와 농자라는 말을 잘 못 써서 장애인 비하 발언으로 문제가 되기도 했으니 말이란 그 쓰임이 얼마나 중요한지를 다시 일깨워 준다.

나 역시 요즘도 장애 관련 언어들을 써야 할 때 장애인 또는 직업적인 입장에서 써야 할 용어, 글을 쓰는 사람으로서 자유롭게 표현해야 할 언어 사이에서 어떤 단어를 써야 할지 갈등하고 집착할 때가 많다. 이런 갈등과 집착을 아직 성숙하지 못하고 나의 색깔을 제대로 갖지 못한 용기 없는 내 생각과 모자란 지식 탓으로 돌리면서도 자꾸만 씁쓸해진다.

이렇듯 일하면서 부딪히는 갈등과 사소한 말 한마디에 쉽게 상처를 받고 아파하는 여린 감성 탓인지 불현듯 하루를 사는 하루살이와 같이 살고 있다는 생각이 들기도 하고 남의 글을 읽으며 세상을 향한 대상 없는 미움을 갖게 되어 안절부절못하는 나를 볼 때가 있다.

그리고 나 또한 바람 불고 춥다는 이유로 다른 사람들에게

혹 옹이가 되어 마음의 상처를 입히며 살지는 않았는지 돌아보게 된다. 봄이 오는 것을 질투하는 꽃샘바람 같은 밉지 않은 갈등과 미움, 시시때때로 밀려드는 여러 감정이 봄마다 나를 키우고 나이테 하나를 더 만들어 주는지 모른다.

오늘처럼 봄을 재촉하는 비가 오는 날은 빗속에서 무수한 상념들과 춤을 추다가, 봄꽃으로 피는 꿈을 꾼다. 들녘으로 사람들이 나오기 전에, 그리고 겨우내 땅에 이리저리 누웠던 풀이 눈을 뜨고 파란 새싹들이 고개를 내밀기 전에 꽃으로 피고 싶은 것이다.

지난겨울 삭풍과 눈보라를 견뎌낸 따뜻한 생의 이력을 풀어내는 가슴의 가장 그늘진 구석에도 향기로 가득히 전하는 꽃이고 싶은 것이다.

우리는 자신의 삶을 주제로 찍는 사진작가

노래를 부르는 것과 사진 찍히는 것을 그 무엇보다도 싫어하다 보니 사진에 대해서는 무관심하고 추억이 될 만한 사진도 몇 장 없다. 서류에 붙일 증명사진을 찍거나 여행길에 반가운 사람을 만나면 추억거리를 만들듯 찍곤 했지만, 그때뿐이고, 곧 잊어버리거나 미운 표정을 짓고 있는 내 모습을 보곤 서랍 속에 넣고 닫아버린다.

하지만 여덟 살 적엔가 부모님과 두 여동생과 함께 찍은 빛바랜 가족사진 한 장은 어릴 적 가족사진이라고는 그것 한 장밖에 없어 애착이 가고 소중해진다. 이렇게 단순한 흑백사진 한 장에도 깊은 의미를 부여하게 되니 평생토록 아름답고 감동적인 사진 한 장을 찾아 나서는 사진작가들이 있는가 보다.

토요일 늦은 오후, 미국에서 회사 동료 3명과 잠시 귀국한 초등학교 동창생이 강화도의 역사를 둘러보러 가는 데 함께 가자고 연락이 왔다. 조금은 쓸쓸하고 우울했던 기분을 풀고, 해안을 따라 붉던 노을도 다시 보고 싶기도 하여 친구를 따라 나섰다가 장화리 낙조마을에서 하루를 묵었다.

점점이 흩어져 있는 섬 속으로, 때로는 백여 척 배의 품속으로 지기에 외롭지 않은 해, 수줍은 몸을 수평선 위에 황홀하게 태우고 서서히 스러지는 해를 바라보고 섰노라니 하루쯤 묵언을 하고 싶게 하던 온갖 상념들도 사라졌다. 옷섶을 풀어 헤친 듯 슬그머니 바다 자락을 걷어 올린 갯벌과 그 위에 드리워진 노을은 별다른 추억거리도 없는 옛날을 아름답게 해주고 순수한 마음으로 돌아가게 하였다.

동료들과 사진을 찍던 친구는 사진 찍기를 사양하는 내게 오랜만에 본 노을 지는 저녁 풍경을 담아가지 않으면 섭섭하지 않겠느냐고 물었다. 그리고 자신은 건축설계사답게 노을이 있는 집을 설계를 하고 있으니, 마음의 카메라로 사진을 찍어서 좋은 시 한 편으로 인화하라고 하였다.

듣고 보니 옳은 말이었다. 밀물 때면 물결 잔잔한 바닷물을, 썰물 때면 드넓은 개펄을 아낌없이 붉게 물들이는 바다의 해 질 녘 풍경과 "아!" 하고 터져 나온 순간의 감탄사까지 담을 수 있고, 영원히 퇴색할 염려가 없으니 마음에 담는 사진만큼 좋은 게 없는 듯하였다.

우리는 일생 "자신의 삶"을 테마로 사진을 찍고 있는 사진작가라는 생각이 든다. 귀로는 좋은 소리와 나쁜 소리를 들어야 하고, 코로는 악취가 나든 향기가 나든 맡아야 하고, 눈으로 아름답든 추하든 모든 모습을 보아야 하고, 또 입으로는 쓰고 단 맛을 가려야 하는 삶을 하루도 빠뜨리지 않고 여과 없이 담아내는 것이다.

마음의 카메라는 날마다 너무 다양한 수만 컷의 사진을 찍는다. 그중에 버릴 것은 버리고 둘 것은 기억 속에 두고 스스로 모든 것을 편집하면서 일체의 모든 행위와 생각들을 무의식 속에 저장하고 있다.

현재의 나 속에는 근원을 찾을 수 없는 먼 과거로부터의 삶의 사진들이 저장되어 왔다. 전생의 나를 알고 싶다면 현재의 내가 처해 있는 모습을 보고, 다음 생의 나를 알고 싶다면 지금 내가 행동하고 있는 현재를 보라고 하였다. 우리는 원하든 원치 않든 자신을 중심으로 주위에서 일어나는 일들에 초점을 맞추고, 자신의 말 한마디와 행동 하나, 생각 하나까지 순간순간을 담고 있다.

사진은 초점을 어떻게 맞추는가에 따라 그 모습이 달라진다. 우리 인생도 구도의 여하에 따라 달라지는 것이다. 또한 개개인마다 인생의 초점이 다르기에 동행하는 이에게 감동과 위로와 힘을 주는 사진으로 인화되는가 하면 아픔과 슬픔을 주는 사진밖에는 안 되는 수도 있다.

부정적 시선과 긍정적 시선 중 어느 것에 초점을 둘 것인지, 혹은 좁은 세상과 넓은 세상 어느 것을 클로즈업할 것인지, 내가 원하는 삶을 만들기 위해 원근을 끊임없이 밀고 당기고 하면서 삶의 구도를 잡아가는 것이다.

2부

좋은 벗
한 분

영화 '그 여름 가장 조용한 바다'에서
따뜻함과 애잔함이 함께 묻어나는 여름날의 추억

이 영화는 일본의 기타노 다케시 감독의 초기작품으로 청각 장애인 청년이 취미로 시작한 서핑보드를 통해 새로운 세계를 알아가는 과정을 서정적으로 그린 영화이다.

조용하고 작은 바닷가를 배경으로 한 영화 내내 견딜 수 없을 정도로 고요하면서도 낭만적인 분위기가 계속되며 한 청년과 그의 연인이 등장하는 간결하고 순수하면서 따뜻한 시와 같은 영화이다.

청각장애인인 시게루는 쓰레기 수거일을 하며 살아가고 그에게 유일한 위로가 되는 사람은 여자친구 다카코 뿐이다.

어느 날 시게루는 바닷가 쓰레기통에 버려진 서핑보드를 줍는다.

다음날부터 서핑하기 위해 매일 같은 장소를 지나 바다로 걸어가는 시게루와 여자친구 다카코, 다른 서핑팀들이 지켜보는 가운데 시게루는 혼자 파도를 타고 여자친구는 바닷가에 앉아 그를 기다린다. 하지만 시게루의 서핑보드는 완전히 망

가지고 결국 돈을 모아 새로운 서핑보드를 구입한다.

날마다 바다로 나가서 파도를 타는 시게루와 여전히 그를 지켜보는 여자친구, 한편 그들을 비웃던 서퍼들도 시게루의 이런 모습을 보고 서핑대회에 출전할 것을 권유하는데, 처음으로 서핑대회에 참가한 시게루는 아나운서의 경기를 시작하라고 자신의 이름을 호명하는 소리를 알아듣지 못해 실격당하고 만다.

한편, 일상으로 돌아온 다카코는 시게루의 곁에 다른 여자가 다정히 있는 것을 보고 토라지지만, 갈등 끝에 다시 만나게 된다.

두 번째로 서핑대회에 출전한 시게루는 입상을 하여 트로피를 받게 되고 모두 기뻐하며 축하해 준다.

그러던 어느 비 오는 날 여자친구보다 조금 먼저 바다로 나갔던 시게루는 돌아오지 않는다.

마치 한순간의 짧은 꿈처럼 사라져간 여름날의 추억이 극도로 절제된 대사와 텅 비어 있는 듯한 화면을 통해 아주 미세한 떨림으로 다가온다. 정지되고 반복되는 장면들은 리듬을 만들어내고 침묵의 대화는 잔잔한 선율로서 가슴을 아리게 한다.

사랑에 관한 명대사가 있는 것도 아니고, 달달한 사랑 고백 한 마디 주고받진 않지만, 두 어린 연인이 서로를 너무나 아끼고 있는 무언의 대화가 포근하고 그들을 잇고 있는 끈이 잡힐 듯 말 듯이 드러날 것 같다.

이 작품에는 대사가 거의 없다. 바닷소리와 음악 그리고 반복되는 이미지가 만들어내는 리듬으로써 영화 전체를 이루어 간다고 할 수 있다. 언어로 자신의 감정을 표현하지 못하는 주인공들의 내면을 마치 물방울들이 떨어져 굴러가는 듯한 음악이 대신해 주고 있다.

버려진 서핑보드를 손질하는 순간부터 고쳐진 보드를 들고 바다로 향하는 순간까지 주인공 시게루의 표정은 무표정하지만, 처음으로 정말 자기가 하고 싶은 그 무언가를 시도하는 시게루의 설렘은 희망과 활기를 느끼게 하는 음악이 대신 말을 하고 있다. 그래서 영화를 보는 동안 나 역시 시게루와 함께 신나는 걸음으로 바다를 향하고 있었는지도 모르겠다.

또 시게루와 다카코의 서로에 대한 애정까지도 영상과 음악이 어우러져 애틋하게 다가온다. 새 서핑보드를 사서 집으로 돌아오는 길에 너무 큰 물건을 들고 있다는 이유로 시게루는 버스 탑승을 거부당한다. 버스를 타고 있는 다카코와 걸어가는 시게루의 모습이 교차된다. 혼자 힘들게 걸어가고 있을 시게루에 대한 안타까움과 '함께 걸어도 되었을 텐데'하고 후회하는 다카코의 심정이 잔잔하게 드러난다.

그리고 바닷가에서 서핑하는 남자친구를 지켜보는 그녀의 모습도 마찬가지다. 처음이라 자꾸 넘어지기만 하는 시게루를 바라보는 그녀의 눈가에는 미소가 깃들고, 누구라도 실수만 하는 시게루를 귀엽고 사랑스럽게 여기는 다카코의 사랑을 애잔하게 바라볼 수 있다.

이러한 청각적 요소와 더불어, 반복되는 몇 개의 장면들은 시적 운율을 느끼게 하였다. 시게루와 다카코가 앞뒤로 서서 바다로 향하는 모습과 그런 두 사람을 놀려대는 축구장의 친구들, 그리고 서핑하는 시게루를 지켜보는 다카코 등 반복적으로 보이는 장면들은 시를 쓰면서 부여하는 댓구의 리듬을 타게 하였으며 그 속에서 나타나 자그마한 변화들을 통해 인물들이 일으키는 높고 낮은 감정의 파도를 타게 하고, 시게루가 옷을 벗어놓은 모래사장이 비치면 어느 사이에 다카코가 올 것을, 그리고 그의 옷을 개킬 것을 기대하게 하였다.

또 시게루의 모습이 언제나 타인의 행동을 통해 표현되고 있는 점도 다른 영화와는 다른 맛이 있다. 시게루의 서핑하는 모습을 직접 보여 주기보다는 친구들의 코멘트나 그를 지켜보는 여자친구의 표정 혹은 바닷가의 다른 서퍼들을 통해 나로 하여금 짐작하게 한다. 이것은 시게루나 다카코가 청각장애인이라는 이유로 타인의 이러저러한 인식을 통해 두 사람의 존재를 그리고 있다고도 보아도 될 것 같기도 하다.

달려가는 여름의 끝자락에서 본 영화 "그 여름 가장 조용한 바다"는 간결하고 순수하여 애잔한 아픔과 슬픔이 아침 안개처럼 젖는 영화로 8월을 보내며 잔잔한 떨림으로 무엇인가 생각할 여름의 여운으로 남게 될 것이다.

가을 단상(斷想)

    고등학교 시절 교내백일장에서 입상하여 부상으로 받았던 신경림 시인의 시집 '농무'를 아주 오랜만에 다시 펼쳐보았다. 늘 가까이하는 작품들이기는 하나 이렇게 원래 작품들이 담긴 해묵은 시집의 책장을 한 장 한 장 넘기다 보니 좀이 슨 듯, 곰팡이가 핀 듯 바랜 책의 잉크 냄새가 창문으로 들어오는 바람결에 코끝에 싸하니 닿는다.

    신경림 시인이 그의 시 "갈대"에서 '언제부턴가 갈대는 속으로 /조용히 울고 있었다'라고 노래한 시 구절 속에서 갈대가 은빛으로 술렁거리는 가을이 지나가고 있다.

    가을은 짧고 아쉬워서 긴 생각 끝에 짧은 단상을 쓰는 시간을 준다. 짧은 한 소절 문장으로 깊은 사색을 하게 하는 가을은 언제나 사방이 고요하고 적막하다.

    찬서리가 내리기 시작하는 가을의 적막함이 찾아 들면 청명한 가을 하늘 아래 가지에 주렁주렁 매달린 감이 주홍색으로 익어 가는 풍경의 배경으로 들녘에 가녀린 꽃잎의 청초한 모습으로 한 무리 피어나 가을 정취에 한몫을 보태는 하얀 들국화 향기에 마음이 정갈해지고 어느 집 담장 밑에 붉게 피어난 상사화를 보면서 까마득히 잊었던 이름 하나가 문득 떠오르기도 한다.

노을이 구름에 비껴들어 고운 퇴근길 전철역에서 막 도착한 춘천발 열차나 막 출발하는 춘천행 열차를 만나면 가슴이 설레기도 한다. 내리는 사람 중에 만나고 싶었던 사람이 타고 있을 것 같기도 하고 아니면 예정에 없던 기차를 타고 강촌역에 내려 카페 '윌'에 가서 차 한잔 마시고 오고 싶은 생각이 들기 때문이다.

그래서 이 가을에는 반나절 여행을 떠나곤 한다. 길지 않은 시간 동안 쪽빛 하늘을 만나고 구름을 만나고, 곱게 단풍이 들게 하고는 목말라하는 나무들의 숲길을 산책하다가 돌아올 수 있어 좋다.

은빛으로 일렁이는 갈대꽃이라도 만나면 어느 틈엔가 갈 길을 잊고 멈추어 설지도 모르긴 하여도 바람결에 실루엣처럼 흔들리는 갈대 옆에서 높아진 하늘을 바라보다가 미련으로 남는 일조차 홀홀 털고 일어서게 될 일이다.

짧은 여행길에 묵묵히 흔들거리며 서 있는 갈대를 닮은 벗과 동행할 수 있으면 더욱 좋은 일이다. 소월이나 릴케 이야기를 나눌 수 있고 타인을 위해 마음에서 우러나는 기도를 했을 벗과 함께 나눌 수 있는 것은 가을의 추억이 아니라 기쁘게 사는 오늘과 내일을 만드는 일일 것이다. 좋은 일보다는 남의 시시비비를 가리느라 시끄러운 세상에 사는 우리에게 마음의 흉금을 털어놓을 친구를 그리워하곤 한다.

들을 수 있는 모든 것과 눈으로 볼 수 있는 모든 것들의 허물을 덮으려는 듯 나뭇잎을 죄다 떨어뜨리는 가을의 숲과 같은 세상살이를 꿈꾸게 하는 게 우정이다. 언제나 벗의 말 한마디는 시인의 시 한 구절처럼 우리 가슴에 기억된다.

화려하지는 않지만, 향기를 멀리 보내는 들꽃 같은 친구, 타인으로부터 상심한 마음을 위로해 주는 친구, 기쁘거나 슬프거나 항시 생각나는 친구가 누군지 헤아려본다면 누구나 한 명쯤은 떠오르는 이름이 있을 것이다. 그런 벗이 있는 세상은 정말로 살만하다고 생각한다.

믿음의 정감이 묻어있는 대화를 나누는 벗과의 참된 우정은 참다운 인식과 이해로서 완성되어 가고 자신의 혼신을 다 실어도 좋을 믿음의 뿌리를 내리고 있는 만남이다.

세상이 혼탁하고 어지러워 불안하기만 한 요즘은 미완성의 우정이라도 믿음의 감성과 때가 묻지 않은 그런 관계가 그리워진다.

많은 사람이 그럴듯하게 자기 자신을 포장하는 일과 값어치 나가는 자신을 과시하는 일에 몰두하거나 서로 경쟁하면서 살아가는 우리이지만 그 속에서 맺은 우정이 얼마나 소중한가를 기억하는 가을이었으면 한다.

흑백 사진처럼

주위의 뇌성마비인들과 만나 대화를 나누며 어울리다 보면 그들의 살아가는 이야기 조각들을 가슴 속에 참 많이 담아두게 된다.

마치 책상 한구석에 차곡차곡 모아두었다가 어느 휴일 오후에 뒤적여보는 잡지 속의 기사처럼 그들이 사는 삶의 명암이 그대로 드러나고 나 자신도 그들의 한가운데 서 있음을 어느 한순간 발견하게 되곤 한다.

책갈피에서 나온 빛바랜 흑백 사진은 먼 과거의 시간 속으로 단숨에 돌아갈 수 있듯이 그들의 이야기는 지나온 나의 삶을 다른 사람을 통하여 다시 전해 들은 듯도 하고 그리 머지않은 미래 나의 모습을 보는 듯도 하다.

어쩌면 그들의 희로애락이 담긴 일상을 전해 들은 이 순간도 그 이야기들은 곧 빛바랜 흑백 사진처럼 가슴에 담게 될 것이다. 그리고 건실한 삶을 살고자 노력하는 그들에게 박수를 보내고 앞날이 어떻게 될지 짐작조차 하지 못하고 지내는 나를 반성하게 된다.

근래 만난 사람 중에 스물두 살 뇌성마비 딸을 둔 한 아버지가 있다.

아버지가 딸을 위하여 할 수 있는 일은 기도밖에는 할 것이 없었다고 한다.

이곳을 가도 저곳을 가도 딸이 혼자서 자활하여 살아가기에는 마땅하지 않아서 속을 태우기도 하고, 자신에게 경제적 여유나 뒤로 든든한 배경이 있었으면 딸의 앞날에 도움이 좀 더 되었을 텐데 하는 소용없는 마음도 가져보았다고 한다.

다행히도 딸은 혼자서 자신에게 맞는 것을 부단히 찾아 노력하더니 자신이 하고 싶은 일을 찾아 배우는 중인데, 한동안 무엇인가 해주려고 하는 아버지가 아니라 이제는 딸을 믿어주는 아버지가 되어보겠다고 한다.

사람들이 메모지에 기록하면서 계산에 속지 않으려고 계산법을 배우고 정점에 오르면 내리막길이 있게 마련인 세상을 바로 배워간다. 밖으로만 향하는 시선을 마음 안쪽으로 돌려 자기 자신 속에 있는 잠재력을 발견하고 상처 많은 나무가 겉껍질을 단단하게 하는 것처럼 꿋꿋하게 살기를 바라는 게 아마도 아버지의 염원일 것이다.

아버지는 오늘도 번역 공부를 하는 딸이 세상의 아웃사이더가 되지 않기를 간절히 기도한다. 늘 퇴근 무렵 하교하는 딸을 데리고 집으로 돌아가는 아버지의 지친 얼굴에는 딸에 대한 변함없는 관심과 사랑, 그리고 믿음을 가지고 있었다.

뇌성마비 딸을 둔 아버지와 대화를 마치며 사람이 살아가면서 어떻게 둥지를 틀고 어떤 자리에서 어떤 삶을 사느냐 하는 선택의 문제가 항상 기다리고 있다는 생각이 들었다.

또한 그 앞에 놓인 미래는 목적지를 알 수 없는 철길 같아서 예측하기는 쉽지가 않다. 사람은 어떤 문제에 부딪히게 되면 무의식적으로 쉬운 회피의 길로 가고자 하는 경우가 많은데 자기 자신만을 위한 이기적 결정이 다른 사람의 운명까지도 바꾸는 경우가 있다.

뇌성마비 딸을 둔 아버지의 간절한 기도는 이러한 세류에 휩쓸리지 않는 딸이 되기를 바라는 마음에서부터 시작되지 않았을까 하는 짧은 생각을 해본다.

요즈음은 흘러가는 시간을 생생하게 살아있는 사진으로 디카에 많이 담는다.

그렇기에 삶을 진솔하게 담은 흑백 사진을 보기가 쉽지 않다. 그러나 네댓 장이라도 흑백 사진을 지닌 사람들은 그 사진 속에 살았던 그 시절에 함께 가졌던 괴로움, 슬픔, 기쁨, 정든 사람들을 추억할 수도 있으며, 그 추억 속의 사람들과 사건들이 오늘의 자기 자신을 있게 한 것이라는 것을 돌아볼 수 있을 것이다.

그리고 나는 다른 사람의 흑백 사진 속에 어떤 존재로 기억되고 있을까? 라고 물음표를 찍으며 그들의 앞날을 향한 도전에 조금이라도 보탬이 되는 사람이기를 바람으로 남겨 놓는다.

수면에 젖어드는 솔바람 곁에

저녁나절 호숫가에 서 있으면 수면에 솔바람이 젖어 들면서, 흔들리며 퍼져가는 물결 속에서 내 모습을 본다. 물살이 빠르게 흘러가는 물에서는 나 자신의 모습을 비춰 볼 수 없으며 잔잔한 호수에서만 겉치레를 훌훌 벗어 던진 내 모습을 볼 수 있다.

그러나 한곳에 머무는 물은 흐르는 물보다 맑기가 못하다. 그렇다 보니 흐르는 물에 제 모습을 비춰본다는 것은 어려운 일이다. 그런데도 우리는 흔히 맑지 못한 우리의 몸과 마음을 맑은 물에 비춰보고자 하는 욕심을 부리곤 한다. 이 욕심은 부질없는 일이라 여겨지기도 하겠지만 세상을 사는 소박한 사람의 마음인 듯도 하다.

어느 정도 깊이와 맑기의 투명함이 있지 않고서는 그 앞에 서서 진실로 마음을 정화하고 가다듬는다 해도 겉모습뿐만 아니라 내면의 깊은 곳까지 들여다보기는 어려운 일이다.

어쩌다 여행길에 만나게 되는 작은 호수에 솔바람이 젖는 동안 마음에 낀 때를 씻어 내보내기도 한다. 구름을 걷어간 소나기처럼 곱게 무늬 져가는 물살에 허물을 벗듯이 씻는 내 모습, 내면의 때는 몇 번이나 씻어낼 수 있을까?

초등학교 1학년 가을의 기억이다. 바람에 낙엽이 쓸려 다니는 늦가을 햇살에 길어진 그림자, 그 길어진 그림자를 데리고 종종걸음 옮기면서 어머니는 늘 산길을 돌아 비척거리는 걸음으로 하교하는 나를 맞이하였었다.

낙엽 구르는 소리가 바람 소리보다 컸던 언덕 위의 초등학교에서 집으로 돌아오던 길, 5리가 넘는 산길을 한 계절 걸어 다니면서 어머니의 기다림으로 하여 뇌성마비 장애가 힘든 줄도 모르고 자랄 수 있었다. 초등학교 1학년 가을 이후 나는 어머니의 기다림 만큼 우리를 아름답고 맑게 해주는 것은 없다고 생각했던 것 같다.

청소년기가 지나고, 성년이 되어 세상일에 비로소 눈을 뜨고 철이 들기 시작한 것은 요즈음 들어서이다. 내가 편히 쉬고 있을 때 고통으로 쉬지 못하는 이들이 있음을 생각할 때마다 좌불안석이 되는 일, 이런 마음이 커질수록 법회 중에 합장한 손끝이 흔들리며 가슴을 아프게 하곤 한다.

내 주위에 항상 함께하는 이들, 그들의 편치 않은 삶의 모습들은 물을 마시다 들린 사레처럼 가슴을 탁하고 막는다. 그들을 위해 내가 할 수 있었던 일을 해주지 못한 것에 대한 응어리 같은 안타까움, 이런 상념들이 고개를 들 때면 훌쩍 여행을 떠나 수면에 젖는 솔바람 소리에 귀를 기울인다. 솔바람 결에 금방 한 꺼풀의 때를 벗겨내듯 몸과 마음을 맡겨 보기도 한다.

여행하다 보면 개미들이 키가 큰 고목을 타고 끝없이 줄지어 오르내리는 것을 보게 된다. 아주 작은 몸뚱이를 가졌으면서도 생명의 조직력을 가져서 오고 가는 길의 방향도 정확히 알고 먹이를 나르는 일도 질서 있게 하면서 열심히 살 줄 아는 개미들에게 감탄사를 찍게 된다. 그리고 감탄사 하나로 결론의 종지부를 찍지 못하고 개미처럼 열심히 살지 않아도 되는가 하는 물음을 스스로 묻게 된다.

열심히 일하는 개미보다 얼마나 긴 생인지 계산조차 어려운 세월을 사는 사람들, 개미보다는 더 보람된 삶을 살아야 하는 책임이 있는 것은 아닌가? 과연 자신이 개미보다 더 나은 삶이란 어떤 것이라고 말할 수 있을까?

사람의 잘난 것, 학벌, 좋은 환경 등에만 가치가 있는 것은 아니다. "사람이 얼마나 사람답게 아름다울 수 있나"에 가치를 둘 만 하다.

얼마 전 개인회생제에 대한 5명의 첫 개시 결정이 내려진 뉴스가 보도되었다. 사회복지사, 간호사, 회사원 등 모두 배운 이들이며 그중 간호사와 사회복지사는 휴먼서비스를 하는 이들이다. 이들은 우리 사회를 아름답게 만드는 데 일익을 담당하는 사람이기에 우려가 된다.

분명 아름답지 못한 모습이다. 각기 사정이 있겠으나 박봉에도 아름다운 세상을 만들어 가는 사람들 사이에서는 다시는 나오지 말았으면 하는 바람이다.

씻어내기 어려운 때가 묻은 이 사회의 단면을 보면서 과연 나는 어떠한가 반성을 하게 된다. 진작에 나 자신을 깨달아 씻어내야 했을 때를 그대로 묻히고 다니는 건 아닌지 모르겠다.

어린 시절 긴 그림자 앞세우고 나를 기다리던 모정으로 세상의 아름다움을 가르쳐 주셨고 내게 내린 장애의 그늘을 거두어 주셨던 어머니가 그립다. 아마 세상의 안과 밖에 일어난 흙탕물을 가라앉히고 나의 내면까지 맑게 씻길 수 있도록 수면에 젖는 솔바람 소리를 찾아 나서게 될 일이다.

다시 본 영화 '뉴욕의 가을'

    개봉관에서 본 영화를 비디오나 DVD로 다시 보면 그때마다 느낌이 항상 똑같은 영화가 있는가 하면 볼 때마다 매번 영상과 감동이 달라지는 영화가 있다. 볼 때마다 느낌이 새로운 영화가 관객과 교감할 공감의 폭이 넓은 영화이고 오래 기억에 남을 좋은 영화일 것이다.

    근래 들어 다시 본 영화 중에서 초안 첸 감독의 뉴욕의 가을이 그런 영화일 것이다.

    2000년에 개봉되었던 영화 뉴욕의 가을은 뉴욕의 아름다운 가을 풍광이 그대로 담겨 있는 영화다. 이 영화를 보고 있노라면 가을을 보러 외출을 나가지 않아도 영화 한 편으로도 마치 자신이 주인공이 된 것 마냥, 가을의 낭만을 온몸으로 만끽하며 감동할 수 있는 영화라고 해야 맞는 말인 듯하다.

    뉴욕의 최대 레스토랑 경영자이자 최고의 바람둥이인 윌은 그의 레스토랑에서 샬롯을 만난다. 샬롯은 윌에게 반해 있고 윌은 나이 차이가 26년이나 나는 22살의 맑고 순수한 샬롯과 사랑에 빠진다.

그러나 윌은 여느 여자와 마찬가지로 샬롯과의 미래는 없음을 확실히 밝히고 샬롯은 그에게 자신이 곧 죽을 것임을 알린다. 죽음을 초연히 받아들이는 샬롯에 비해 샬롯과 만날수록 그녀에게 진실한 사랑을 느끼며 그녀의 죽음을 막으려고 노력하던 윌은 마지막으로 샬롯을 수술받게 하지만 수술은 실패하고 만다. 샬롯을 통해 진실한 사랑을 배운 윌에게 그녀와 함께 보낸 뉴욕의 가을은 짧기만 했다.

가을에 가장 어울리면서도 따뜻한 눈빛을 지닌 윌과 떨어지는 낙엽보다 더 여린 모습으로 솔직하고 투명한 샬롯의 아주 특별한 만남은 무려 26살의 나이 차이를 극복하며 아름다운 사랑으로 빛났다.

그래서 그런지 영화를 거듭 볼 때마다 스토리 진행은 물론 인물, 배경, 소품 등 영화 전체가 눈에 들어오곤 한다. 그것들은 윌과 샬롯의 사랑을 표현하는 또 다른 영화 속의 언어가 되었는데 그 첫 번째가 순수하면서도 자유로운 영혼을 가진 샬롯의 의상이었다. 파티에 모인 수백 명의 사람 사이에서 춤을 추는 샬롯은 눈부신 존재였고 볼룸댄스를 추는 샬롯, 하얀 실크드레스를 입고 불빛 아래서 더욱 반짝거리는 숄을 걸친 샬롯의 모습은 천상의 매력을 지닌 아름다운 여인으로 보이기에 충분하였다.

두 번째 언어가 되었던 것은 영화의 배경이 된 뉴욕과 그 주변 풍경이다. 동화 같은 사랑이 이루어지는 마법의 공간이 되고 월과 샬롯의 사랑을 더욱 아름답게 하는 이유를 만들어주었다. 처음 만난 월과 샬롯이 걷던 길인 단풍이 든 센트럴공원에서부터 호수 위에 장식된 다리까지의 풍경은 눈을 뗄 수 없을 만큼 고운 한 폭의 수채화 같았다.

샬롯은 월과의 즐거운 시간을 보내지만 병이 악화되어 쓰러지는 '록펠러 플라자 스케이트장'에서 두 사람의 시련이 시작되고 슬픔을 예고하였고, 월이 샬롯을 살리기 위해 마지막 희망인 최고의 암 전문의를 만나러 차를 타고 질주하던 '브루클린 다리'는 바로 그녀를 살릴 수 있는 마지막 희망을 갖게 하고 있었다.

이 밖에도 낡은 수공예품들이 고전적인 분위기와 조화를 이룬 월의 아파트, 월의 집과 비슷한 안락한 분위기를 가졌던 레스토랑, 빛의 향연을 벌이듯이 반짝이던 보트바신 79번가 등이 기억에 남아있다.

헬리콥터에서 잡은 뉴욕의 전경과 월의 아파트 발코니에서 내려다보이던 뉴욕의 가을은 이별의 아픔마저도 감싸안고 있다. 구속받기 싫어하는 월과 불치병에 걸린 샬롯의 슬픔과 좌절, 그리고 애절한 사랑과 이별, 외로움, 쓸쓸함, 고독함….

가을이면 떠오르는 감성적인 언어들과 뉴욕의 가을 풍경이 조화를 이루는 영화, 따뜻한 차 한 잔과 그리운 한 사람이 생각나는 따뜻한 영화로 간직될 것이다. 노란 단풍잎 깔린 거리를 서성이고 싶어질 만큼 가을이 깊어지는 내년 이맘때쯤 다시 보고 싶어질지도 모르겠다.

시처럼 아름다운 우정을 가질 수 있다면

올해도 변함없이 삼십 년 지기 두 친구로부터 생일 축하 엽서와 선물이 각각 도착하였다. 그 친구들의 선물을 받고서야아 시간이 벌써 그렇게 되었나 하면서 지나간 일들을 돌이켜보았다.

내가 생활하면서 안개 속에서 헤매듯이 힘들어할 때면, 열살 무렵부터 지금까지 오랫동안 내 손을 잡아준 친구였다. 고맙다는 인사말로 시작한 인터넷 속 대화는 못난 남편 이야기와 만능인 아들 이야기, 자신보다 잘나가는 아내 이야기, 주말드라마에 나오는 괜찮은 배우 이야기 등등 잡다한 이야기로한 시간 넘는 수다로 이어졌었다.

두 친구와 수다를 떨다 보니 마음을 털어놓을 수 있고 슬픔을 함께 등에 지고 갈 수도 있고 기쁨을 나누어 두 배로 만들수 있는 벗이 있다는 것은 평안과 위안이 있는 따뜻한 집 한채를 소유한 것과 같은 기분이 들었다. 겨울의 초입에서 두 친구의 선물은 추운 날에 따뜻하게 지필 장작을 마련해 준 것이나 다름없다.

마당을 서성이다가 우체부를 만나면 이 순간의 마음을 적어 보내고 싶은 친구지만 아직 덜 되어서 무엇인가 더 하려 하는 친구에게 "나의 천성적인 우울한 습성을 고쳐서 나의 청춘 시절을 다치지 않고 신선하게, 새벽처럼 유지시켜준 것은 결국 우정뿐이었다"고 하면서 우정을 노래한 헤르만 헤세의 시 한 편을 적어 보내고 싶다.

안개 속을 헤매는 것은 이상하여라!/ 숲이며 돌은 저마다 외로움에 잠기고 /
나무도 서로가 보이지 않는다./ 모두가 다 혼자다.
나의 인생이 아직 밝던 시절엔/ 세상은 친구들로 가득했건만, /
이제는 안개가 내리어 / 보이는 사람 하나도 없다.
어쩔 수 없이 조용히 모든 것에서/ 사람을 떼어놓은 그 어둠을 /
조금도 모르고 사는 사람은/ 참으로 현명하다 할 수는 없다.
…

이 시를 친구에게 보내려고 엽서에 옮겨 적으면서 우정만큼 친구의 깊이를 말해 주는 것은 없을 것 같다고 생각하였다.

이 시를 쓴 헤세는 우정도 작품을 쓰는 것만큼 소중하게 여겼던 사람 같다.

헤세가 존경했던 횔덜린을 곁에서 돌본 그의 친구 싱클레어와의 우정은 헤세가 '데미안'의 주인공을 그 친구의 이름인 이

삭 폰 싱클레어에서 따올 만큼 두터웠고, 1954년에 출간된 '헤세와 로맹 롤랑 서간 왕래'라는 책으로 서독의 호이스 대통령으로부터 훈장을 받을 정도로 로맹 롤랑과도 친했다고 하는 일화들이 전해진다.

그는 서정시인이자 탁월한 소설가이기도 했던 헤세의 수많은 시 가운데서 가장 많이 애송되는 시가 '안개 속을' 외 우정에 관한 시들이 많고, 가장 사랑받는 소설이 '데미안'이다. 헤세처럼 작품도 우정도 훌륭하게 지킨 사람은 드물 것이다. 사람들은 친구를 통해서 우정을 쌓고 허문다.

또한 그는 또 다른 작품인 '수레바퀴 밑에서'나 '지와 사랑(또는 나르치스와 골드문트)'도 어린 티를 벗고, 혹은 실존의 고민이 시작되는 스무 살의 시절과 그 시기를 지나 삶의 정점마저 지나친 이들, 스스로 이미 내리막길에 접어들었다고 생각하는 이들에게도 변치 않는 우정을 보내고 있다.

작가들의 우정은 다른 예도 많이 찾아볼 수 있다. 폴 세잔이 법학을 할까 미술을 할까 망설일 때, 에밀 졸라의 우정어린 격려의 편지를 받고 진로를 미술 쪽으로 돌려 본격적인 데생 공부를 시작했다는 일화가 전해지는 에밀 졸라와 폴 세잔의 30년 우정도 글을 쓰는 한 사람으로서 참으로 간직하고픈 우정이다.

백수십 편이나 되는 셰익스피어의 '소네트'와 밀턴의 장시 '리시다스', 테니슨이 수년에 걸쳐 쓴 130편이 넘는 '인 메모리엄'은 모두 단 한 친구를 위한 우정을 표현한 시였다고 한다.

헤세의 '싯다르타'에서 감동적인 우정을 보여 주는 수행자 싯다르타와 뱃사공 고빈다처럼 아무런 이해관계가 없는 우정을 간직하고 싶다.

혹시 오래된 친구가 곁을 떠나게 된다 해도 그 우정은 오래 잊지 못할 것이며 잊지 말아야 할 일이다. 오늘 생각나는 친구의 이름이 있다면 "보고 싶구나! 친구야" 하면서 안부의 엽서를 보내보자.

동화 '할아버지에게 무슨 일이…' 속에는

치매 할아버지를 통해 느끼는 조건 없는 가족의 사랑

아이들에게 가족 하면 누가 떠오르냐고 물으면 누구나 어머니, 아버지, 형제자매를 말할 것이다. 요즘 사회에서 할아버지 · 할머니 · 삼촌 · 이모 등 친숙한 호칭들은 어느덧 가족의 테두리 밖으로 밀려난 지 오래인 듯도 하다.

우리 사회는 핵가족화와 개인주의가 주류를 이루고, 의학이 발달하여 인간의 평균 수명도 길어져 노령인구의 비율이 급속하게 늘어가고 있다. 이렇다 보니 사회적으로 노인들의 문제가 이슈화되고 장애인복지 못지않게 노인복지 또한 중요해지고 있다.

사람의 정이 그리운 요즘 가족 모두가 읽어보면 좋을 동화가 있다. 할아버지와 손자 간의 사랑, 가족애를 담은 동화 '할아버지에게 무슨 일이 있는 걸까'는 어린이들에게는 다소 생소한 병인 치매를 소재로 한 미국 작가 마리아 슈라이버의 작품이다.

치매에 걸리거나 뇌졸중인 노인들이 가족에 의해 병원이나

74

복지시설, 빈집 등에 버려지는 수가 점점 늘어 사회문제화되고 있는 현실에서, 이 동화는 가족 간의 진정한 의미와 사랑이 어떤 것인지, 인간의 존엄을 위해 어떻게 해야 하는지를 부드럽고 따뜻한 시선으로 그리고 있다.

케이트는 재미있고 쾌활한 할머니와 넋을 잃고 빠져들 정도로 멋진 이야기를 들려주는 할아버지가 계셔서 운이 좋은 아이라고 생각한다. 그래서 케이트는 할머니 할아버지가 없는 생활을 상상할 수조차 없었던 어느 날부터 할아버지에게 알 수 없는 변화가 생긴다.

할아버지는 같은 말이나 질문을 계속 되풀이하고, 방금 전에 무얼 했는지도 잘 기억을 못하는가 하면 할머니에게 소리를 지르며 책을 마구 집어던지고 문을 쾅 닫아버리기까지 한다.

평소의 모습이 아닌 낯선 모습의 할아버지에게 도대체 무슨 일이 있는 걸까?

낯선 할아버지의 모습에 상심하며 슬퍼하는 할머니와 엄마를 본 케이트는 할아버지가 뇌의 병인 치매에 걸려 기억력에 이상이 생긴 병으로 머지않아 할아버지가 케이트를 비롯한 모두를 알아보지 못할지도 모른다는 사실에 큰 상실감에 빠진다.

그러나 곧 케이트는 슬픔에서 벗어나 할아버지를 도와드릴 일을 궁리하면서 언제나 그래 왔듯이 할아버지를 존경하고, 지금의 할아버지를 소중히 생각하며, 할아버지의 삶에 대해 질문을 많이 하는 것 외에 뭔가 특별한 방법으로 할아버지의 기억을 붙잡아 두고 싶어 한다.

드디어 케이트는 할아버지와 가족들의 사신으로 멋신 앨범을 만들어 보기로 한다.

할아버지와 함께 추억의 옛 사진을 마주하며 케이트는 사진에 담겨 있는 이야기를 듣고, 치매에 걸린 할아버지는 모든 가족의 도움과 사랑으로 여전히 기쁨을 느끼고 있으며, 행복한 삶을 주신 신께 감사한다.

케이트는 할아버지와 함께 만든 이 앨범이 할아버지가 무언가를 잊었을 때 기억을 되살릴 수 있게 도와줄 것이라 믿으며 사진들을 들여다보며 할아버지와 자신 사이에 사랑이 넘치는 것을 느끼게 되며 더할 나위 없이 맑고 순수하고 평화로운 그 느낌을 영원토록 기억하게 되리라는 것을 깨닫게 된다.

사람은 모두가 늙고 병든다. 곁에서 건강한 모습으로 있는 할아버지, 할머니, 어머니, 아버지도 케이트 할아버지의 모습이 될지도 모른다. 그렇지만 겉모습이 어떠한 모습으로 변하더라도 가족 간의 사랑이라는 위대한 힘은 변하지 말아야 한다. 그래야 진정한 사랑, 진정한 가족이라고 말할 수 있다.

가족 간의 사랑에도 그 대상이 누구냐에 따라 각각 특유한 색깔을 갖고 향기를 내게 된다. 어머니와 아버지의 사랑, 형제자매 간의 사랑, 할아버지와 할머니의 사랑, 부모·자식 간의 사랑은 같으면서도 서로 다른 것이다. 자녀에게 많은 사랑을 쏟는 일은 중요하다.

주인공 케이트가 만든 것은 작은 앨범에 지나지 않지만 그

건 할아버지에게 더없이 소중한 인생의 기억이자 가족의 사랑을 만들고 확인한 것처럼 세상에 존재하는 다양한 사랑을 골고루 경험하게 해 마음이 따뜻하고 풍요로운 어른으로 자라게 하는 일이다.

그래서 우리가 모두 어려서부터 할머니 할아버지의 삶과 사랑, 추억을 소중히 간직하고 '치매'라는 무거운 짐을 지고 있는 가족 간에 이해를 높여 사랑에 조건이 없는 것이 진정한 가족의 사랑이라는 것을 지니고 살면 좋을 것이다.

인생의 진정한 성취와 뷰티플 마인드

　1994년 노벨경제학상을 수상한 실존 인물 존 내쉬 교수의 정신분열증 극복과 사회복귀 과정을 그린 뷰티플 마인드는 흔치 않은 영화다. 이 영화는 성취란 노력과 사랑에 의해서만 얻어진다고 말하고 있다.

　옛사람 중의 한 사람이 "인간은 자기 자신을 지배하는 힘보다 더 큰 지배력도 더 작은 지배력도 가질 수 없는 존재다"라고 한 말처럼 그것은 비상한 두뇌가 아니라 자신의 한계를 스스로 극복하려는 의지에서 비롯된다. 그러므로 성취하는 것은 가장 끈기 있게 노력하는 사람의 손을 들어 준다. 어떤 고난의 한가운데 있더라도 노력으로 이루어질 수 있음을 전한다.

　1940년대 엘리트들이 다 모인 세계 최고의 명문인 프린스턴 대학원에 시험도 보지 않고 장학생으로 입학한 존 내쉬는 뛰어난 두뇌와 잘생긴 외모를 지녔으나 내성적인 성격으로 지나치게 고독해하며 유리창을 노트 삼아 단 하나의 문제에 집착하는 이상행동을 보인다. 어느 날 친구들과 들어간 술집에서 미녀를 둘러싸고 벌이는 정쟁 속에서 순간 빛과 같이 스친 직감으로 균형이론의 단서를 잡고 스물일곱 쪽 짜리 논문을 발표해 스무 살 청년 존 내쉬는 일약 스타가 된다.

이후 존 내쉬는 MIT 교수로 학문적 깊이를 쌓아가지만, 이 시기 그는 심한 정신분열 속으로 빠진다.

내용 중에 레스토랑에서 한 교수가 학문적인 큰 성과를 세운 이들에게 주어지는 만년필을 받게 되는 내용이 나오는데, 이때 지도교수가 그것이 어떻게 보이느냐고 묻는다. 존 내쉬는 세상의 인정이라고 답했으나 교수가 기다렸던 답은 인생에서의 성취였다.

이 오묘한 엇갈림으로 그는 정신분열에 빠지게 되고, 영화 속에서 바둑 게임에 집착을 보이고 비둘기의 움직임을 수학공식에 대입하려는 등의 강박증세는 여러 번 암시된다.

승승장구하던 그가 정부 비밀요원 윌리암 파처를 만나 냉전시대 최고의 엘리트들에게 있었던 일로 공공연히 알려진 소련의 암호 해독 프로젝트에 비밀리에 투입되게 된다. 그 와중에도 그는 자신의 수업을 듣던 물리학도 알리샤와 사랑을 하고 행복한 결혼 생활에도 불구하고 그는 점점 소련 스파이가 자신을 미행한다는 생각에 사로잡히고, 결국 심한 정신분열증에서 벗어나지 못한다.

그러나 존 내쉬는 이해와 사랑의 눈길로 보아준 친한 친구의 우정과 아내 알리샤의 헌신, 아내를 위해 약을 거부하는 다정한 그의 마음이 결국 병을 이기고 노벨상 수상이라는 영예를 안는 감동을 이루어 낸다.

아내 알리샤의 헌신적인 사랑과 희생이 아니었다면 존 내쉬는 한 천재로 주목받지 못했을 것이며 노벨경제학상을 수상할수 없었을 것이다.

영화제목인 뷰티플 마인드가 바로 그의 아내 알리샤의 마음을 대변하고 있다.

노벨경제학상을 수상한 뒤에도 존 내쉬에게 다가오는 환각인물들이 계속 나타나고 자기 나름대로 환각과 현실을 구분하고 극복하려는 모습이 그려진다. 이것으로 보아 그는 자기 자신의 싸움에 대단한 의지력을 가지고 있음을 짐작할 수 있다. 살고 싶은 의지와 타인에게 인정받고 싶은 의지가 그의 인생에서의 성취를 끌어낸 것이다. 아름다운 성취인 것이다.

그리고 이 영화를 다른 각도에서 살펴보아도 의미가 있다. 흔치 않은 사람 존 내쉬를 통하여 정신분열증 극복과 사회복귀 과정을 그리는 과정으로 정신장애인에게는 용기를, 이들을 지켜보는 주위 사람들에게는 희망을, 그리고 지역사회에는 사회복지에 대한 책임 의식을 갖게 하고 있다.

정신장애인에 대한 부정적인 편견을 변화시키고, 약물복용을 포함하는 일상적인 치료 속에서 정상으로의 복귀가 가능함을 보여 주고 있다.

영화 속에서 대학에서 강의를 맡기고, 함께 연구하는 동료와 그의 강의를 들으면서 함께 토론하고 논쟁하는 학생들 역시 자연스러운 인간관계를 맺고 함께 대화할 수 있는 사람들의 내용이야말로 정신장애인의 가능성과 장점을 통해 정신장애인을 하나의 사회인으로 인정해주고 있다.

이 영화는 아름다운 삶을 이야기하는 것이 아니라 '인간의 삶' 자체를 이야기해 주면서 가족을 포함한 지역사회의 이해와 사랑이 정상으로의 복귀라는 결실을 맺을 수 있다는 점을 알려주고 있다.

좋은 벗 한 분

좋은 벗 한 분이 있다. 좋은 벗에 "분"자를 붙인 것은 예순 다섯이 넘으신 어르신이기 때문이다. 어머니뻘 되시는 분을 굳이 좋은 벗이라고 부르는 까닭은 의탁할 곳 없는 어르신을 돌보는 한 친구가 "가족 같은 어르신"이라고 소개해 첫 만남을 이메일로 시작하였기 때문이다. 쉰 살까지는 초등학교에서 아이들을 가르치시다가 지금은 낙향하여 농사를 지으시며 사는 분이기에 메일의 서두에는 OO 선생님이라 쓰고 있지만 그분과의 사이는 좋은 벗이라고 하는 표현이 더 어울리는 표현 같다.

이분은 닮고 싶은 부분이 참 많은 분이다. 아침마다 5시 30분이면 일어나 책 한 장 읽고, 아침 산책하러 나갔다 오는 것으로 하루를 열고, 보고 싶은 연극이나 영화를 찾아서 볼만큼 마음의 여유를 가지고 사는 분이다.

늘 자신의 손이 필요한 곳이면 달려가 자원봉사를 하고, 아프고 어려운 이들이 속사정을 털어놓으면 며칠이고 둘도 없는 친구 노릇을 해주거나 비슷한 나이의 어르신이 노점에서 물건이라도 팔고 있으면 그냥 지나치지 못하는 정이 아주 깊은 분이다.

서울의 아들 집에 오셨다고 전화를 주셨기에 저녁 식사와 차를 대접하고 나오는 길목에 군고구마 파는 할머니가 어깨를 움츠리고 앉았다가 서 있기를 번갈아 하면서 서성대고 있었다.

그것을 본 그 분은 할머니에게로 다가서

"날도 차가운데 안 들어가세요?"

물으셨다.

"조금 남았는데 마저 팔고 들어가려고요"

군고구마 할머니의 말이 끝나기가 무섭게 "봉지 두 개에 다 담아주세요" 하시는 것이었다. 한 봉지는 아들 집의 손자를 갖다준다고 하시고, 한 봉지는 내게 주셨다.

그분이 한 아름 안겨준 정이 담긴 군고구마를 밤늦도록 동생네 식구들과 맛있게 먹은 기억이 아직도 난다.

매사에 그런가 하면 그건 아니다. 그분은 인격이 강하고 독립적인 분이라서 매사에 선을 분명히 긋고 주눅이 들 만큼 원칙적이라서 가끔 나를 기죽게 하곤 한다. 이런 딱 부러짐이 밑바탕에 깔려 있기에 그분의 부드러움과 정이 더 살갑게 다가오는 것인지도 모르겠다.

오늘 아침 편지 수신함에서 평소보다 긴 문장으로 보낸 그분의 편지를 꺼내 읽으면서 신선한 봄기운을 느낄 수 있었다.

"이제 봄방학 했으니 새 학년 올라가기 전에 애들에게 늘 사주던 학용품을 사서 보내주어요. 아이들이 벌써부터 기다리는 눈치예요. 시간이 괜찮으면 한번 내려왔다 가든지요."
라고 하는 말로 시작되어 있었다.

그분의 이웃에 사는 결손가정의 아이와 인연을 맺고 있는데 혹시나 내가 잊지나 않았나 싶어 상기시켜 주시는 것이었다.

"어제 아침부터 어린 왕자를 다시 읽기 시작했어요. 예순다섯이 넘어 읽는 동화는 그 맛이 새롭네요. 어린 왕자에서 왕자는 수백 개의 별 가운데 단 하나의 별에만 존재하고 있는 꽃을 사랑하는 어떤 사람은 그 별을 바라볼 수 있는 것만으로 행복할 수 있다고 말하지요.

하나의 별에 존재하는 꽃은 사람마다 색깔도 모양도 다를 거예요. 사람은 가지고 있는 생각이 각자 다르고 자신의 편견 안에서 뿐이 생각을 못 하죠. 난 여기서 옆집 아이에게 좋은 할머니가 되기 위해 더욱 노력해야 하겠어요.

명숙 씨가 일하면서 즐거워하고, 여행하면서 어려운 이를 찾아보는 것을 즐거워하듯이 나 역시 그 아이들의 자라는 모습을 보면서 그렇게 즐겁거든요."

남들이 쓴소리로 목소리를 높인다고 해서 그것에 동조하여 함께 높일 필요는 없다는 것을 강조하는 것으로 마무리되었다. 평소 보내는 편지의 길이보다 두 배쯤 길게 쓴 메일 편지에는 여전히 주위 사람을 배려하는 진심 어린 어휘들이 적혀 있었고, 친근하고 따뜻한 그 좋은 벗이 미소를 짓고 있었다.

남의 어렵고 급한 일에 뛰어가 주고, 아버지 없는 두 아이에게 할머니가 되어 주고, 즐거우면 함박웃음을 웃으시는 그 분이야말로 우리를 미소 짓게 하는 분인 듯하다

* 이 글은 19년 전 에이블뉴스칼럼으로 썼던 글로 지금은 좋은 벗은 작년 겨울 다시 만날 수 없는 곳으로 떠나셨다.

알몸뚱이 임금님의 교훈

　착한 마음씨를 가진 부자가 있었다. 그는 자기를 충심으로 섬긴 노예를 해방시켜 주기로 마음을 먹고 많은 재산을 배에 실어 주면서 어디든지 좋은 곳을 찾아가 부디 행복하게 살라고 하였다.

　노예는 기쁜 마음으로 배를 저어 넓은 바다로 나아갔지만 심한 폭풍우를 만나 침몰하고 말았다. 배에 가득 실었던 물건들을 다 잃어버린 노예는, 몸뚱이 하나만 살아남아 가까스로 가까운 섬에 헤엄쳐 도착했다.

　모든 것을 잃고 슬픔에 빠진 알몸뚱이 노예는 섬 안을 얼마 동안인가 헤매다가 큰 마을을 만났다. 그런데 그가 마을에 이르자 마을 사람들은 임금님 만세라고 모두 환호성을 올리며 그를 맞이하였다.

　"잘 오셨습니다. 당신이 우리의 왕이 되어 주기를 바라고 있습니다."

　알고 보니 섬사람들은 바다를 건너온 사람들을 임금으로 모시고 있었다. 임기는 1년이고 임기가 끝나면 생물도 없고 먹을 것도 없는 섬으로 가서 살아야 했다. 그동안 임금이 되었던 사람은 모두 그곳에서 굶어 죽어갔다.

임금이 된 노예는 사막과 같은 섬에 가서, 꽃도 심고 과일나무도 심어 1년 후의 일에 대비하였다. 1년이 지나자, 노예는 관습대로 행복한 섬에서 추방되었다. 하지만 예전에 황폐했던 섬에 도착하여 보니, 갖가지 나무와 꽃, 과일과 곡식이 가득 찬 비옥한 땅이 되어 있었다.

위의 이야기는 탈무드에 나오는 알몸뚱이 임금님에 관한 이야기다. 이 이야기는 여러 측면에서 생각해 볼 수 있다. 종교를 믿는 사람이라면 마음씨 착한 부자는 신이고, 노예는 인간의 영혼이다. 그 후 노예가 표류하다가 상륙한 섬은 지상의 속세이며, 그 섬의 사람들은 인류요, 1년 후 쫓겨 간 섬은 내세일 것이며, 그곳에 있는 온갖 꽃과 과일은 선행의 결과일 수 있다.

우리 사는 세상의 눈으로 보면 세상에 사람이 태어나서 사는 동안 다가올 미래를 미리미리 준비해야 함을 일러주고 있다. 그 미래란 우리 현실에서 언제 닥쳐올지 모르는 어려움이나 고난에 미리미리 대비하라는 것이 될 것이다.

옛말에 '사람 앞일이란 알 수 없는 것이다.', '인간사 새옹지마'라는 말이 있듯이 살다 보면 정말 기쁘고 행복한 일들도 있지만, 그 가운데서 힘들고 당황스럽고 불행한 일들이 오게 마련이다. 그러므로 너무 기쁘고, 성공했다고 해서 교만하지 말고 힘들고 어려운 고비에 서게 될 때 미래에 대한 희망과 계획이 중요하다.

이것은 개인만이 아니라 비영리조직에서도 마찬가지다.

지금은 고인이 된 한 지인(知人)은 평생을 중소기업을 이끌면서 일에 대한 커다란 자부심으로 살다 가신 분이다. IMF가 터졌을 때도 대부분의 기업이 어려움을 겪고 있었지만, 지인의 기업은 꾸준히 성장하여 "지금 상태라면 향후 몇 년은 적자를 보더라도 끄떡없을 거다."라고 자랑삼아 말하곤 하였다.

그러나 정말로 사람 일이란 알 수 없어서 그 지인은 뇌졸중으로 쓰러져 경영자의 자리에서 물러나야 했는데, 물러난 지 얼마 안 되어 하나둘 문제들이 생기기 시작하였다.

자신이 없으면 안 된다는 생각 하나로 일에 열정을 쏟으며 눈앞에 보이는 성장에만 매진했을 뿐, 차기에 자신의 자리를 이을 인재를 키우지 않았을 뿐 아니라. 하루가 다르게 변해 가는 기업들의 새로운 사고와 지식, 그리고 변화를 받아들일 준비를 하지 않았기에 그분이 없는 기업은 극심한 자금난을 겪으며, 눈에 뜨이던 인재들도 다른 보금자리를 찾아 다들 떠나서 그 기업은 다른 기업에 합쳐질 위기에 있다고 한다.

탈무드에 나오는 알몸뚱이 임금님과 지인의 일화는 상반된 결과를 보여 주고 있지만, 우리에게 미래에 대한 준비를 해야 함을 말해 주고 있다.

이제 새싹이 돋고, 꽃이 피는 봄이다. 봄은 푸른 여름과 결실의 가을을 준비하는 것처럼 우리도 봄을 맞으며 주위를 돌아보고 먼 앞날을 내다보자.

막 피는 벚꽃을 보듯 다시 본 영화 이야기
– 영화 '봄 여름 가을 겨울 그리고 봄'

계절의 바뀜은 사람이 일생을 사는 일에 대입할 수 있고, 사계절은 오래도록 인생 성숙의 단계에 비유되어 왔다. 만물이 소생하는 봄은 소년기, 신록 가득한 여름은 청년기, 결실과 버림이 공존하는 가을은 장년기, 겨울은 노년기에 비유하면서 무릇 계절의 바뀜으로 우리는 일상을 변화시키고 새로운 마음을 다지기도 한다.

영화 '봄 여름 가을 겨울 그리고 봄'에서도 한 동자승이 소년기, 청년기, 중년기를 거쳐 장년기에 이르는 파란 많은 인생살이를 신비로운 호수 위 암자의 아름다운 사계(四季)를 배경으로 그려진다.

첫째는 어떤 운명을 지는 봄날

만물이 소생하는 봄, 숲에서 개구리와 뱀, 물고기에게 돌을 매달아 괴롭히는 짓궂은 장난을 치며 천진난만한 웃음을 터트리는 동자승, 그 모습을 지켜보던 노승은 잠든 아이의 등에 돌을 묶어둔다. 잠에서 깬 아이가 울먹이며 힘들다고 하소연하자, 노승은 잘못을 되돌려놓지 못하면 평생의 업이 될 것이라 이른다. 노승의 말은 봄날에 취한 한 사람이 평생을 지고 가야 하는 인생의 '업'을 예고한 것인 듯싶다.

둘째는 욕망과 집착을 알게 되는 여름
아이가 커서 소년이 되었을 때, 산사에 동갑내기 소녀가 요양하러 들어온다. 소년의 마음에 소녀를 향한 뜨거운 사랑이 일어나고, 노승도 그들의 사랑을 감지한다. 소녀가 떠난 후 더욱 깊어 가는 사랑의 집착을 떨치지 못한 소년은 산사를 떠나간다.

셋째는 구원과 죄 사함이 내포되어 있는 가을
절을 떠난 후 십여 년 만에 배신한 아내를 죽인 살인범이 되어 산사로 도피해 들어온 남자, 단풍만큼이나 붉게 타오르는 분노와 고통을 이기지 못하고 불상 앞에서 자살을 시도하자 그를 모질게 매질하는 노승, 남자는 죄의식에 근간을 둔 인간 본성의 '악함과 파괴 본능과 공격적인 욕망에 지배되는 인간의 나약함'을 보여 주고 노승이 바닥에 써준 반야심경을 파면서 가까스로 마음을 추스른다. 선함과 악함은 인간 내부에서 화해가 이루어질 수 있도록 하여 여름 땡볕을 이겨낸 구원과 죄 사함의 길을 내고 있다.

넷째는 무의미한 삶을 버려 내면의 평화를 구하는 겨울

중년의 나이로 폐허가 된 산사로 돌아왔던 남자는 다비식을 마친 노승의 사리를 수습해 얼음 불상을 만들고, 겨울 산사에서 심신을 수련하고 내면의 평화를 구하며 정진한다. 우연찮게 절을 찾아온 한 여인으로부터 어린아이를 받아들이게 되나 여인은 결국 죽는다.

여기서 내면의 비움을 위해 고행을 자처하는 장년 승의 걸음걸음은 업을 풀기 위한 씻김굿과도 같이 처절하다. 그 고행 끝에는 과연 내면의 평화는 장착됐을까 하는 물음표를 찍게 한다.

다섯째는 그리고 다시 봄

노인이 된 남자는 어느새 자라난 동자승과 함께 산사의 평화로운 봄날을 보내고 있다. 동자승은 그 봄의 아이처럼 개구리와 뱀의 입속에 돌멩이를 집어넣는 장난을 치며 해맑은 웃음을 터트리고 있다. 새로운 사계의 시작이다.

이 영화에서 문은 많은 의미를 가지고 있다. 암자로 들어가기 위한 문과 암자 안에도 벽이 없는 문이 있다. 이 문은 암자와 바깥세상을 연결해 주는 유일한 통로이기도 하고, 나와 세상의 경계선이 되기도 하고, 자아와 탈 자아의 벽이기도 하다. 바깥세상의 사람이 문을 통해 들어옴으로 하여 계절이 바뀌고, 커버린 동자승이 문을 통해 바깥세상으로 나갔다가 다시 돌아온다. 문의 열고 닫음의 순간에 느껴지는 인생의 흐름은 상상만으로도 충분히 펼쳐진다.

단순함 속에서도 사람이 사는 일은 선함과 악함의 외줄을 타는 고행길인지도 모른다. 짧고 미흡한 앎은 각자의 답을 구할 수밖에 없다는 사실을 보여 주는 것이다. 곽곽하게 사람 사는 일에 이의나 정답 같은 것은 없다.

사람의 인생은 '희망'이란 단어로 건질 수 있는 것은 아닐 것이다. 누군가 말했듯이 오히려 삶을 억압하는 건 희망이 아닐까 한다. 정작 희망을 안고서도 생활의 굴레에서 탈출하지 못하는 존재가 바로 사람인지도 모르겠다.

다른 해보다 늦게 피는 봄꽃의 향연을 보면서 영화 한 편에 담긴 의미를 가져보는 것도 나쁘지는 않은 일 같다.

남산의 낙조를 그리면서 J 선생님께

J 선생님, 올해도 3일밖에 남지 않았습니다. 요사이는 어느 곳을 가든지 낙조는 참 아름답습니다. 혹자는 요즈음을 낙조의 계절이라 말하지만, 과학적 근거를 따져보면 12월 말의 낙조라 해서 다른 계절의 낙조보다 특별히 아름다운 것은 아닙니다. 그럼에도 불구하고 한 겨울의 노을이 사람의 마음을 사로잡는 것은 한해의 끝자락에 서 있기 때문일 것입니다.

지난 크리스마스 오후에는 일몰을 카메라 렌즈에 가득히 담듯이 지난 한 해의 아쉬움과 며칠 후면 밝아오는 새해에 대한 희망을 가져보는 것도 괜찮을 듯하여 새로 단장한 남산의 N서울타워를 다녀왔습니다.

몹시 부는 바람에 대비하여 옷을 든든히 챙겨 입고, 카메라까지 챙겨 들고 도착한 N서울타워는 크리스마스를 즐기려 나들이 나온 가족들, 향수에 젖은 듯 두 손을 꼭 잡고 걷는 은발의 노부부, 애정 표현을 거리낌 없이 하는 젊은 연인 등 남녀노소 구분 없이 붐볐었지요.

N서울타워에서 바라보는 한강 건너에서 해가 서쪽으로 넘어가려 하였습니다.

서울의 노을이 질 무렵 풍경부터 화려한 야경까지 렌즈에 담겠다면서 지는 해를 배경으로 카메라 손질을 하는 친구의 모습도 참 좋아 보였습니다.

친구는 하던 일을 잠시 멈추고 "노을이 지는 순간은 어떤 한 생명이 태어나 존재하다가 수명을 다해 사라지는 순간과 같기에 우리들의 심금을 울리기도 하고 연민을 느끼게 한다"라고 말을 하였습니다.

친구의 말처럼 우리의 모든 마음, 고통이나 슬픔, 행복마저도 유한하다는 것을 전제로 하고 있기에 아무리 깊은 사랑과 만남이라도 언젠가는 이별해야 하고 무엇이 머물던 자리에는 욕심과 회한, 아쉬움이 뒤따르는 것은 당연한지도 모르겠습니다.

지는 꽃잎, 마른 낙엽, 스산하게 부는 바람, 붉게 지는 노을이 우리 가슴을 울리는 것은 영원할 수 없는 우리 자신에 대한 아쉬움에서 오는 건지도 모르겠습니다. 그 모든 상념 가운데서 지는 해야말로 연말을 맞는 마음과 존재의 유한함에 대해 가장 깊게 느끼게 합니다.

친구는 지는 노을 속에 지우고 싶은 기억 한 가지를 털어 놓았습니다. 프리랜서로 뛰고 있는 어느 사보에 미담 기사를 쓰기 위해 취재차 어떤 사회복지기관을 방문하였다가 장애인과 장애인 간의 편견, 조직 구성원 간의 상하, 상호 간에 선을 그

어놓고 기준을 삼는 편견이 크게 존재하고 있음에 무척 놀랐던 일은 정말 잊고 싶다고 하였습니다.

나는 잠자코 듣고 있다가 감사한 일도 많은데 하필이면 아쉬웠던 일을 먼저 생각하느냐고 되물으면서도 나 역시 그런 것을 느끼고 있으면서 무감각해졌을 수도 있다는 생각을 하였습니다.

그리고 수년 전에 선생님께서 들려주셨던 뇌성마비 제자에 대한 이야기가 떠올랐습니다. 지인을 통해 조그만 법인체에 취업을 시킨 제자가 언어장애 때문에 겪었던 어려움이나 부당함, 똑같은 장애를 가진 상사가 더 제자를 이해 못 하고 배제시키기도 하고, 가끔은 제자의 의사나 한 일이 똑바로 전달되지도 않고, 똑바로 평가되지 않아 가슴이 아팠다고 하신 말씀 기억하시는지요? 그리고 뇌성마비 인들은 어떤 일에든 주눅이 들지 않고 편하게 말하고 일하도록 질책보다는 칭찬이 앞서야 하고, 이해와 기다림이 필요한데, 그들 곁에서 함께 일하는 사람들조차 그런 배려가 부족하다는 말씀도 덧붙이셨었습니다. 선생님께서 하신 그 말씀은 '나는 과연 어떠한가?' 하고 반성하는 계기가 되었습니다.

이렇듯 한해의 끝자락에서 노을을 바라보면서 여러 가지 생각을 하게 되는 것은 자연스러운 일입니다. 만약에 일몰이 내일이 없는 마지막이라면 일몰은 그리 아름답다고 말을 하지 않았을 것이며 과거를 돌아보는 일도 없을 것입니다.

선생님, 낙조를 새로움으로 채우기 위하여 낡은 것을 버리는 숭고한 의식이라 말하고 싶어집니다. 그러므로 낙조를 찾는 사람들의 가슴은 그만큼 커다란 새해 소망과 포부를 품고 있으리라 헤아려봅니다.

낙조가 아니더라도 조용히 일 년을 돌아보는 시간을 가지고 묵은해를 털어내고 새로운 희망과 기대로 찰 자리를 비워두어야 하겠습니다.

영화 속의 열차 이야기

많은 영화 속에서 오랜 세월 동안 열차는 주된 배경이 되거나 다양한 모습의 도구로 등장하고 있다. 산업화와 근대화라는 격변의 시대 속에서 철도와 열차는 우리들의 애환을 담았듯이 영화 속에서 그렇게 투영되고 있다.

영화에 나오는 열차에는 아름답고 슬픈 사랑의 조각들이 들어있다.

닥터 지바고에서 눈부신 설경과 끝없는 대자연, 눈발을 헤치며 거칠게 달려가는 장면은 오래 기억에 남아있다.

설경이 생각나는 영화 러브 오브 시베리아는 하얀 증기를 내뿜으며 기적소리와 함께 힘차게 기차가 달려오면서 시작된다. 사관생도 안드레아의 때 묻지 않은 열정과 신비함과 성숙함을 간직한 미국 여인 제인을 만날 수 있게 해주는 곳이 시베리아행 열차이다. 두 사람의 우연한 만남과 이별 속에는 서로 다른 국가체제와 권력과 이념의 갈등들이 숨어있고 오랜 세월의 흐름도 두 사람을 이어주지 못하고 있다. 마치 닥터 지바고에서 오마샤리프가 라라를 발견하고 쫓아가다 거리에서 숨지게 되는 마지막 장면의 아프고 안타까움을 다시 보는 느낌이다.

한 철도원의 삶을 몽환적으로 그렸던 일본 영화 철도원에서 눈부신 설원과 간이역 운행정지에 처해 있는 열차가 주 배경이다. 자신의 모든 인생과 굳은 직업정신을 가지고 간이역을 지켜나가는 철도원 사토 오토마츠가 마치 성스러운 의식을 치르듯이 깃발을 흔들며 "출발"하고 외치던 모습도 가슴에 각인되어 아직까지 지워지지 않는다.

그리고 격동의 시대나 전쟁 영화 속에도 꼭 열차와 철도가 사건 전개의 매개체 역할을 하면서 역사를 담고 있다.

우리나라 영화 박하사탕에서 열차는 과거로 가는 길로 표현되었다. 20년 만의 야유회가 열리던 날, 실성한 듯한 영호가 느닷없이 나타난다. 의아한 눈길로 영호를 바라보는 친구들, 과거의 기억에서 비롯된 영호의 광기는 더욱 심해지고 급기야는 철교 위에 올라 울부짖는다. 거꾸로 가는 기차를 따라 시간을 거슬러 가면서 영호의 과거가 펼쳐진다.

또 다른 영화 아라비아의 로렌스에서 철도와 열차는 뜨거운 사막을 건너는 중요한 운송수단으로 등장하고 있다. 로렌스와 파이잘의 군대가 터키 군대의 보급선인 해자르 철도를 폭파하는 장면이 있는데 이처럼 전쟁 중에 주요 보급로가 되는 철도는 끊임없는 공격의 대상이 되고 있다.

주제곡인 "휘파람 행진곡"이 널리 알려진 콰이강의 다리는 영국군 포로들이 일본군에게 협조하여 다리를 만들고, 다시 영국군 유격대에 의하여 폭파되는 줄거리이다. 전쟁을 일으킨 국가 이념의 대립 속에서 사그라지지 않는 자유와 창조 본능을 가진 개인에 대한 각각의 메시지가 들어있는 듯하다.

전쟁 영화에서 철교를 폭파하는 것이 영화의 주요 도구로 쓰이는 것은 전쟁 시에 철로는 주요 운송수단이 되고, 적군의 숨통을 찔러 전쟁의 승패를 가름하고 사상과 이념의 행로까지도 표현하고 있다고 보아도 과하지는 않을 것이다.

열차를 타고 하는 여행이나 영화나 모두 우리 인간사의 잘팍한 삶을 만나게 해준다. 그러면서 영화 속의 이야기가 결코 허황한 이야기만은 아님을 생각하게 된다.

누군가 그랬다. 우리가 누리는 평화는 전쟁과 전쟁 사이의 시간을 의미한다고 하였다. 우리가 생활에서 느끼는 행복이나 기쁨도 고난과 고난 사이의 시간을 의미하지는 않을까?

기차를 타고 종착역에 가서 만나는 평화로운 풍경은 비바람을 견딘 후에 이룬 것이며, 영화를 보다가 눈물이 나도록 아름다운 장면은 수많은 난관을 극복하고 난 후에 이룬 것이 아닌가 한다.

누구나 추억이 있는 여행이나 영화가 하나쯤 있을 것이다. 이것은 때로는 눈물 나는 그리움으로, 때로는 미소 짓게 하는 추억과 처진 어깨를 다독여주는 희망으로 가슴에 자리를 잡고 있을 것이다.

자기 세상을 만난 더위 속에서 사람들은 휴가 계획을 세워

놓고 손꼽아 기다리고 있을 것이다. 떠들썩한 피서지를 찾아 신나게 보내는 것도 더위를 잊는 것도 좋은 방법이지만, 그중 하루는 열차를 타거나 추억이 될 만한 영화 한 편 보면서 자기만의 시간을 가져보라고 권하고 싶다.

3부

봄꽃 가득,
마음의
쉼표 하나

영화 속 찰리의 행운과 우리의 행운

퇴근 무렵 사무실로 친구 한 명이 찾아왔다. 뇌성마비 장애를 가진 친구는 출판사에서 출판 디자인을 하고 있다. 취업의 어려움을 아는 터라 작은 출판사 편집장으로 있는 대학 동창에게 친구가 전공을 살려 일할 기회를 줄 것을 부탁하였던 것이 4년 전의 일이다. 이제 나름대로 자리를 잡아 경력을 쌓아가고 있다는 소식은 가끔 듣고 있던 터였다.

그와 저녁 식사하는 자리에서 그는 예전과 다름없이 영화 이야기를 하였다. 얼마 전 본 영화 '찰리와 초콜릿 공장'에 나오는 찰리의 행운과 책 디자인을 하는 자신과 비유하는 친구의 말을 들으면서 얼마나 취업에 스트레스를 받았으면 저런 말을 할까 하는 생각에 씁쓸한 웃음을 지었다.

아버지가 치과의사인 윙카는 초콜릿을 좋아하지만, 충치가 생길까 경계를 늦추지 않는 아버지의 감시 때문에 초콜릿은 입에 대지도 못한다. 초콜릿에 대한 집념을 버릴 수 없던 윙카는 초콜릿 전문가로 성장하여 세계 최대의 초콜릿 공장을 세우게 된다.

하지만 초콜릿 공장은 그 누구도 공상을 드나드는 사람을 본 적이 없는 비밀의 공간이다. 항간의 소문에 의하면 윙카는 몇 년 동안 공장 밖으로 나가본 적도 없다고 한다. 윙카가 윙카 초콜릿에 감춰진 행운의 '황금티켓'을 찾은 어린이 다섯 명에게 자신의 공장을 공개하고 그 모든 제작 과정의 비밀을 보여 주겠다고 선언한다. 이제 전 세계 어린이들은 황금 티켓을 찾기 위한 노력을 시작한다.

가족과 함께 초콜릿 공장 바로 옆, 작은 오두막집에서 살고 있는 찰리는 매일 밤 잠들기 전 공장 안이 어떻게 생겼을 지를 상상하며 잠이 들곤 했다. 하지만 찰리는 1년에 단 한 번, 자신의 생일에 딱 한 개의 윙카 초콜릿을 먹을 수 있기 때문에 당첨될 확률은 거의 희박했다.

한편, 세계 각국에서 행운의 당첨자들이 속속 나타나기 시작했다. 첫 번째 당첨자는 독일의 먹보 소년 아우구스투스로 언제나 초콜릿을 입에 달고 사는 소년이다. 두 번째 행운은 뭐든지 원하는 건 손에 넣어야 직성이 풀리는 부잣집 딸 버루카에게, 세 번째는 껌 씹기 대회 챔피언인 바이올렛에게 돌아간다. 네 번째 주인공인 마이크는 자신이 얼마나 똑똑한지를 세상에 과시하기 위해 도전에 응해 목적을 달성한 집념의 소유자다. 그리고 눈 쌓인 거리에서 우연히 돈을 주워 윙카 초콜릿을 산 찰리가 다섯 번째 황금 티켓을 발견한 주인공이 되었다.

윙카의 초콜릿 공장에 들어간 찰리는 눈앞에 펼쳐지는 놀라운 광경들에 입을 다물지 못한다. 초콜릿 폭포가 흐르고 쾌활한 움파 족들이 거대한 초콜릿 과자산에 삽질을 하거나, 용머리 모양을 한 설탕 보트를 타고 초콜릿 강을 건넌다. 초콜릿 강가에는 꽈배기 사탕이 열리는 나무와 민트 설탕 풀이 자라고 있고 덤불 속에선 머쉬멜로우 체리크림이 익어 간다. 그러나 찰리를 제외한 다른 네 명은 윙카의 놀라운 발명품들에는 관심도 없고 한결같이 욕심과 이기심, 승부욕 등에 눈이 멀어 자꾸만 문제만을 일으킨다.

그러는 사이 윙카는 황금 티켓 작전을 통하여 매출을 올리기도 하였지만 찰리라는 착하고 똑똑한 아이를 후계자로 삼으려고 한다. 윙카는 어린 찰리를 통해 행복한 가족과 가족의 소중함을 깨닫고서 등졌던 아버지를 찾아가게 된다.

어른을 위한 동화 같은 이 영화를 보면서 스쳐 지나가는 생각들이 몇 가지 있다. 가장 크게 느끼는 것은 찰리의 화목한 가족을 통해 가족애를 끌어내고 한편으로 아이들을 기형적으로 만드는 부모들의 비틀어진 애정을 지적하고 있다. 좋은 초콜릿을 만들기 위해 독신을 주장하는 '윙카'를 통해 가족이라는 제도 안에 갇혀 창작성을 잃어버리는 것에 대한 두려움을 들여다볼 수도 있다.

그렇기에 너무 가난해서 일 년에 단 한 번 생일에만 초콜릿을 먹을 수 있는 찰리를 제외한 네 명은 전형적인 요즘 아이들이다. 탐식하고, 승부욕에 불타고, 원하는 모든 것을 얻어야만 하고, 자기만이 최고라고 믿는 아이들 틈에서 찰리의 순수함과 타인에 대한 배려는 단연 돋보였다고 할 수 있다.

영화에서 미루어 짐작할 수 있는 것은 웡카가 초콜릿으로 성공한 것은 철저한 연구개발의 결과였을 것이며, 그러던 사이 기술자들과 종업원들이 기술을 외부로 유출하는 경우도 있다. 화가 난 웡카는 종업원 모두를 해고하고 공장 문을 닫고 공장은 새로운 전기를 마련하게 된다. 이것이 영화의 시작이기도 하다.

찰리와 웡카 초콜릿의 만남에는 요즈음을 사는 우리가 눈여겨볼 기발한 마케팅 전략이 들어있다. 시장에 뿌려진 수많은 초콜릿 속에 숨겨진 다섯 개의 황금티켓을 찾기 위해 세계의 어린이들 사이엔 로또의 열풍과 같은 사행심의 논리가 적중하고 있는 것이다. 이것이야말로 큰 마케팅인 것이다.

또 다른 면에서 생각해 보면 행운마저 돈으로 사거나 속여서 빼앗는 것, 완력으로 차지하거나 훔칠 수 있는 것인지도 모른다는 생각이 든다. '조건'을 타고나지 못한 대다수 평범한 사람들에게 행운마저도 불공평한 것일 수 있음은 어찌할 수 없다.

착하지만 아무것도 가진 것 없는 찰리는 생일 선물로 받은 초콜릿과 할아버지 비상금으로 한 개 더 구입한 초콜릿 모두에서 티켓을 발견하지 못하다가 거리에서 주운 지폐로 산 마지막 세 번째 초콜릿에서 마침내 행운을 발견한다. 찰리는 운이 좋아 행운을 잡았지만, 오직 하늘에서 내려줄 행운을 바라다가 끝내 좌절하고 말았을 아이들은 또 얼마나 많았을까 하는 상념이 들었다.

더욱이 장애가 있는 아이들의 행운이란 무엇일까?

영화 속에서 찰리에게 내려진 그런 행운은 아닐 것이다.

실력과 경력이 있는 치료사에게서 치료를 받는 것, 질 좋은 서비스가 있는 복지기관을 찾아가는 것, 사랑을 가진 후원자를 만나는 것, 취업을 하는 것 등 이런 것들이 아닐까 한다.

장애인들의 진정한 행운을 만들기 위하여 우리는 지금 우리는 무엇을 해야 할까?

행운이 없더라도 노력한 만큼 뿌리내리고 열매는 맺어야 하지 않을까?

강물이 시와 노래처럼 흐르는 양평

어느덧 단풍이 곱던 가을은 흔적 없이 가고 겨울이 우리 곁에 다가왔다.

우리 일상사는, 아니 우리 전체 사회는 봄, 여름, 가을, 겨울, 사계절 어느 때고 조용한 날보다 시끄러운 날이 더 많다. 그 아귀다툼 같은 사회와는 무관한 듯한 계절이 간 뒤 찾아온 계절, 홀가분하게 잎을 떨군 겨울나무처럼 사색과 돌아봄이 있는 겨울이다.

한두 번 혹한이나 폭설이 닥치면 올 한 해도 저물어 갈 것이다.

첫눈을 기다리는 마음 같은 겨울에 관한 낭만도 있고, 별다른 일이 없어도 추억이 듬뿍 묻어날 것 같은 크리스마스도 다가오지만 '왠지 세월이 참 빠르게 흘러가는구나, 갈수록 빨라지는구나' 하는 섭섭함이 나이를 먹을수록 커간다. 그런 날은 더러는 우리의 삶을 정말 독하게 살아야 할 듯싶고, 더러는 사는데 정답이 있을 것 같지 않은데, 어딘가에 정답이 있을까 싶어 찾아 나서고 싶은 날이다.

"내가 중·고등학교를 다닐 때만 해도 요즘같이 정서가 메마르고 살벌하지는 않았어. 이번 겨울 첫눈이 오면 뭘 할 거냐?"

국어 선생님의 질문에 대답대신 까르르 웃던 친구들이었지만 그 웃음 속에는 낭만과 진솔함, 투명함이 묻어 있었다.

토요일 아침 인터넷 블로그 속에서 지역신문 기자를 지낸 동갑내기 M을 오랜만에 만났는데, 갈수록 정이 없고 살벌해지는 이 사회 속에서 그나마 덜 살벌한 둘이 오랜만에 만나게 되었으니, 가까운 어디라도 다녀오자는 제의를 했다. 그녀의 심중에는 초겨울 풍경을 사진에 담고 싶은 마음도 꽤 있었을 법하다.

오후 한나절 여행지로 제일 마땅한 곳으로 서로의 의견이 맞아떨어진 양평, 초겨울의 그곳으로 향하는 길은 그 초입에서부터 남달라 보인다. 겨울비가 오려는 듯 하늘은 점점 흐려지고 물안개는 자욱이 번지며 긴 여정에 한숨을 돌린 남한강과 북한강이 몸을 섞어 흐르고 있다.

자욱한 물안개 속에서 초겨울 강을 바라보고 있노라면, 숲과 숲이 대화를 나누고, 그 숲 안에서 겨울나무의 숨소리, 겨울 철새가 강물을 박차고 날아오르니 가수 정태춘 씨의 노래 북한강이 절로 흥얼거려진다.

그리고 '덧없는 / 이 한때 / 남김 없는 짤막한 시간 / 머언 산과 산 / 아득한 곳 불빛 켜질 때 / 둘러봐도 가까운 곳 어디에도 / 인기척 없고 어스름만 짙어갈 때 / 오느냐고 남한강을 시로 읊조린 김지하 시인이 생각난다.

어느 곳에도 인적이 없고 땅거미만 밀려드는 여울목에서 시인의 조용한 그 외침을 듣지 않더라도 노래 한 소절, 시 한 수를 흥얼거리지 않을 수 없는 곳이 양평인 듯하다. 아마도 그런 이유로 화가 시인 소설가 조각가 등 800여 명이 터를 잡았는지도 모른다.

두물머리에서 청평 쪽으로 진양조 가락 같은 물결을 벗 삼아 거슬러 가다 보면 분홍색 타일의 국악음반박물관이 있고 중앙선 아신(我新)역 근처에는 들꽃 마을이 있는데 예술을 하는 대여섯 가구가 모여 사는 아담하면서도 개성이 넘치는 마을이다.

그중에 들꽃 화가와 나무 공예가 부부의 집인 장미의 뜰은 커다란 귀뚜라미 조각과 들꽃이 사시사철 아름다운 집이다.

지난 10월 그들의 집 한쪽 갤러리에서 아내는 흙, 남편은 나무라는 전시회를 열기도 하였다고 한다. 꽃이 좋아 나무가 좋아 자연 속의 흙과 나무를 대상으로 예술혼을 표현해 가는 부부의 모습도 들꽃이 되어가고 나무가 되어 가는 듯하다.

이들의 마음과 생활을 닮고 싶지만, 시간과 마음의 여유를 갖지 못하고, 일상사에 찌들어 사는 나의 생활이 작아지고 부끄러울 뿐이다.

그리고 북한강이 노래처럼 흐르고, 남한강이 시가 되어 흐르는 서경이 있는 양평의 풍경은 뜨거운 가슴으로 아름답게 사는 사람들의 인정이 담기기에 더욱 아름다웠노라고 말하고 싶다.

깊어진 겨울 어느 날, 들꽃처럼 아름답게 사는 화가와 나무처럼 듬직하게 사는 공예가가 사는 아름다운 집을 발견하게 되면 주저 없이 들어가서 차 한잔 마시며 들꽃의 향기까지 마셔보기를 권한다.

날이 갈수록 작은 이익이 걸린 일에도 야단법석을 피우고 서로 잘났다고 으르렁거리며 불협화음을 화해가 아닌 또 다른 불협화음으로 해소하려 하다가 끝내 화해할 수 없는 길로 들어서는 아집의 세상이다.

올겨울 자신의 아집을 버리고 한 뼘만 헐렁한 마음을 갖게 하는 여행을 떠나보라고 권하고 싶다. 가족과 함께, 연인과 함께, 벗과 함께, 혹은 그동안 소원했던 지인과 함께 훌쩍 떠났다가 오는 길은 어떤 방법의 대화보다 서로를 이해하고 마음을 여는 시간이 되지 않을까?

30년 만에 다시 읽은 시집 한 권과 편지 한 통

책꽂이에 이리저리 꽂힌 책과 책상 위에 널브러진 책을 정리하다가 추억 하나를 발견하였다. 고교 시절 백일장에서 입상하여 부상으로 받았던 신경림 시인의 첫 시집 '농무'와 그 책 갈피 사이에는 국어 선생님께서 보내주신 편지 한 통이 끼어 있었다.

오래된 편지를 읽어 내려가면서 편지지의 빛바랜 냄새보다 진한 향수에 젖어 단발머리 고교 시절로 돌아가 보았다. "나무의 마음을 헤아리며 명숙이에게 편지를 쓴단다."라는 말로 편지는 시작되었다.

"내가 네 나이였을 적에 나는 아버지를 따라 산에 나무를 하러 가곤 하였단다. 그 시절은 나무를 베서 땔감을 하던 시절이라 나무를 하는 것이 일상적인 일이기도 했지.

아버지는 나무를 베기 전에 늘 나무를 툭툭 톱으로 쳐보곤 하셨단다. 나무에서 나는 소리가 너그러움을 간직하고 있다고 판단이 되면 나에게 나무를 베게 하셨지.

하지만 나무가 아직 마음의 준비가 안 되어 있다고 생각이 드시면 '아직 때가 아니야'

하시며 그냥 지나치셨지. 아파하는 나무의 소리가 마음에 걸리기 때문이란 이유였단다.

그것이 아버지의 어린 나무에 대한 배려였던 것을 그땐 알지 못했어. 앞장서서 툭툭 나무를 치며 올라가던 아버지, 혈기만 왕성했던 나는 아버지가 무엇을 하는지 알지 못했지. 말도 붙이지 못하고 머리로만 궁금증을 헤아릴 뿐이었단다.

어느 날 아버지는 내게 말씀을 해주셨어. 나무를 두드려 보는 것은 나무의 소리를 들어 주는 거야. 나무가 아직은 아프다고 하면 베지 않고, 나무가 즐겁게 자연으로 돌아갈 준비가 되어있다면 베는 거라고 하셨지.

나무의 소리를 듣고 나무를 베는 아버지의 마음을 헤아려 보게 되었단다.

이것은 사람과 사람 사이에도 마찬가지 아니겠니?

아버지의 가르침이 바로 거기 있었다는 것을 어른이 된 후에 깨닫게 되었지.

그리고 지금, 이 순간 먼 훗날에 시인이 될지도 모르는 너에게 나는 선생님으로서 무엇이든지 그곳에 내재된 마음의 소리를 듣는 사람이 되라고 부탁하고 싶구나"

근 30여 년이 다 된 편지를 읽으며 사람의 소리를 귀 기울여 듣지 못하고 생각나는 대로, 제멋대로 생활하며 어른이 된 내가 부끄러워졌다.

나무의 마음에까지 닿아있는 아버지의 마음과 가르침을 애틋하게 간직하고 계신 선생님의 편지가 아직까지도 따스하게 가슴에 새겨져 있다. 그리고 지척에 있는 사람에게도 미치지 못하는 내 삶이 왜소하고 무의미하게 보였다. 점심시간 사무실 옆 공원을 산책하다 나무를 툭툭 쳐보았다. 하지만 아직 나무의 소리가 내게는 들려오지 않았다. 공원에는 한 움큼의 바람만 웅성거리다가 지나갔다.

희망의 집 안드레아 수녀님께

봄의 길목에서 띄우는 편지 ①

안드레아 수녀님! 봄이 오는 희망의 집 한쪽에서 사랑 가득한 눈빛으로 때론 근심 어린 눈빛으로 삼백여 명의 장애 가족들을 바라보시는 수녀님의 모습과 간절히 기도하고 원하면 불가능한 것이 없다고 하신 수녀님의 말씀이 떠오릅니다.

그리고 하루도 빠짐없이 희망의 집 가족들의 평안한 삶을 기도 제목으로 놓고 간절히 기도하시는 수녀님의 기도 소리가 들려옵니다.

테레사 수녀님에게서 밭고랑 같은 주름투성이 얼굴의 외할머니 같은 미소, 곧 지팡이를 짚어야 할 것 같이 허리가 구부정한 모습, 불쌍하고 소외된 이들을 쓰다듬고 있는 거룩한 손을 보았다면, 안드레아 수녀님 당신에게선 언제나 힘찬 걸음걸이와 호탕한 웃음과 목소리, 단호함으로 호통치시다가도 가슴 활짝 펴고 두 팔 벌려 장애인들을 안아 보듬는 자애로움으로 가득 찬 넓은 품을 보았습니다.

길거리 어디선가 "안녕하세요 명숙 씨"하고 부르시면서 제

앞에 우뚝 서실 것만 같습니다.

돌이켜 보면 우리 사는 세상은 사회복지제도나 정책 등과 같이 제도적으로 많이 발전하고 경제적으로 윤택해졌다고는 하지만 인간의 존재가치를 한 마리 개미나 벌레보다도 못한 취급을 하고, 가진 것이 없는 사람의 고통을 외면하고, 사람의 바람을 마음으로 배려하고 감싸는 진정한 사랑의 실천은 많이 부족한지도 모르겠습니다.

작년 가을 '시와 음악이 있는 가을 오후의 만남'에 음성에서 서울까지 직접 운전을 하여 뇌성마비 시인 성희 씨를 데리고 오신 일, 중도에 시각장애인이 된 원생의 생활교육을 위해 서울과 음성을 오가시던 일, 사진 봉사를 하러 갔을 때의 일 등 수녀님과 인연을 맺은 후의 여러 가지 일들을 생각해 보았습니다.

일 년 열두 달, 하루 24시간 장애인들과 함께 사시는 수녀님의 생활은 어린 왕자가 별에다 심은 장미꽃과 같은 것이라 여겨지고 작은 실천에서 큰 사랑이 이루어진다는 것을 배웁니다.

또 한편으로는 진정한 사랑의 실천에는 고통이 따른다는 것, 상처 입을 때까지 사랑하는 것을 두려워하지 말라, 사랑은 어느 계절에나 열매를 맺을 수 있다는 테레사 수녀님 말씀의 참뜻을 수녀님께서 실천하는 생활로 보여 주시는 듯하였답니다.

그렇게 수녀님의 가꾸신 사랑의 결실은 나날이 익고 밀알처럼 다시 썩어 더 많은 꽃을 피우고 열매를 맺고 있습니다.

만약 주위에 장애인 한 명이 어려움 속에서 큰 아픔을 겪고 있다면 "그건 하느님께서 보살펴주지 않아서가 아니라, 명숙 씨와 내가 그의 아픔과 필요한 것을 살펴주지 않아서"라고 단호하게 말씀하시겠지요?

사람들은 지능이 있는 로봇을 만들 만큼 첨단의 과학을 발전시켰지만, 우리 사회는 이제 막 개념을 파악하고 일어서려는 인권이나 소외된 이들의 문제를 해결하기엔 아직도 갈 길이 먼 듯합니다. 수녀님께서 곁에 계신다면 모든 사람을 섬기는 마음으로 노력하고 실천하면 우리 사회도 살만한 사회가 되리라고 별빛 같은 목소리로 답해주셨겠지요.

수녀님! 희망의 집 봄소식은 어디까지 왔는지요?

봄이 오는 길목에서 희망의 집에 당도한 봄소식이 저에게도 들려오길 기대해 봅니다.

미소가 아름다운 지현스님께
봄의 길목에서 띄우는 편지 ②

　봄을 맞고 있는 청량사 심우실 창가에 곱게 피어날 노란 생강나무꽃과 차 한잔 내려주시던 스님의 맑은 미소를 그려봅니다.

　구름으로 산문을 지은 청량사의 풍경소리와 바람 소리, 금방이라도 쏟아질 것 같은 초롱초롱한 별빛, 폭포 소리보다 장엄한 듯하다가 고요하게 노을 진 산중으로 퍼져가는 법고 소리가 하루도 같지 않음은 나의 마음이 늘 변화하고 있는 까닭입니다.

　음악가 바흐는 자신의 생을 얼마 남겨두지 않고 "음악은 그저 표현된 음표(音表)에 따라 들려주는 소리일 뿐이다"라는 말을 하였다고 합니다.

　짧은 생애 속에서 치열한 음악 정신을 가졌던 바흐는 인위적인 음악적 소리보다 자연이 들려주는 소리를 더 좋아하고 이미 그것을 깨우쳤었기에 그런 말을 하지 않았나 추측해 봅니다.

봄의 새싹이 돋고 꽃망울 터지는 소리, 한여름의 소나기 소리, 깊은 가을의 나뭇잎 떨어지는 소리, 눈 오는 겨울밤에 창문을 흔드는 바람 소리 등등 이런 자연의 소리를 깊이 인지하고 그 근원을 찾아 음악적 삶을 마무리했던 것이었을까요? 마치 그것은 덕 높으신 큰스님이 열반에 드실 때 남기시는 열반송과 같은 것이라는 생각도 해봅니다.

스님께서는 찾아가는 사회복지 실천에 바흐의 음악 정신에 못지않은 혼을 불어넣고 계신 듯합니다. 조계종사회복지재단과 함께하는 시민행동 그리고 (사)이웃을돕는사람들 등에서 노인, 장애인, 소년소녀가장 등 경제적·정신적으로 고통받는 이웃들을 위해 불교계의 인적·물적 자원을 개발 활용하고, 우리가 모두 "자비" "나눔" "기쁨"이 넘치는 삶을 살아갈 수 있도록 살피고자 하고, 좋은 벗 풍경소리를 통해 불교를 사랑하는 사람들에게 맑고 영롱한 아이들의 음성으로 노래를 전하는 일에도 전념하시는 모습은 항상 작은 일에도 불평하고 힘들어하는 저를 부끄럽게 합니다.

최근 불교 사회복지계에도 많은 변화의 바람이 불고 있는 소식들이 들려옵니다. 지난 2월 불교사회복지 정책 및 실천 프로그램을 개발하고 교계 사회복지시설의 현황과 실태를 조사하는 한편 모범사례 발굴, 학술포럼 개최 등의 역할을 수행하고 불교 사회복지의 독자성과 전문성을 재정립해 나갈 불교사회복지연구소가 출범하고 창립 15주년을 맞은 경제정의실천불교시민연합과 (사)이웃을돕는사람들이 새롭게 출범하였다는 소식을 들었습니다.

그리고 조계종이 작년 12월에는 불교사회복지진흥법 입법 예고하고 불교 사회복지시설 운영과 효율적인 관리·감독 강화를 위한 법제화 방안을 논의하는 간담회를 열었다는 소식은 불교 사회복지가 제자리걸음을 하고 있다는 저의 기우를 말끔히 씻어주었습니다.

하지만 아직도 장애인들이 사찰에 가기엔 접근권이 어려운 점도 많습니다. 윤회 사상에 기초한 교리도 그렇고 사찰이 대부분 산 중에 위치하여 편의시설이 많이 부족합니다. 법당에 들어가는 것부터 화장실에까지 장애인들이 접근하기는 산길을 걸어가는 것만큼 어렵습니다.

장애 불자가 타 종교에 비하여 적은 것도 열악한 환경 때문인 듯합니다.

수년 전 스님께서 가까운 곳에 사찰이 없어 절에 갈 수 없는 농촌의 불자들을 위하여 마을회관을 빌려 출장 법회를 보시고 길이 멀어 법회에 참석지 못하는 아이들을 위해 경운기를 직접 몰고 집마다 방문하시며 포교하시던 일을 상기해 봅니다.

절에 와서 법회를 해야 한다는 고정관념을 깬 스님의 뜻이 장애인 포교에도 전달되고 있으니 열악한 환경들은 차츰 개선되어 가겠지요. 우리 모두 노력해야 할 것입니다.

(사)이웃을돕는사람들이 새로운 날개를 힘차게 펴던 날 스님께서 "부처님의 가르침을 실천하는 삶 속에서 불교 시민운동으로서의 목소리를 높여간다면 모두가 평화로운 세상이 될

것"이고 "진정한 보살행을 통해 모두가 행복한 미소를 지을 수 있도록 다 함께 노력해 나가자"라고 하신 말씀을 새깁니다.

한편으로 살랑살랑 봄바람과 함께 들에서, 산에서 연둣빛 잔치를 벌이고 있던 봄날, 마음 따라 떠났던 여행길에서 반가운 손님을 맞듯이 스님께서 내려주신 차 한 잔, 그렇게 청량사와 맺은 인연이 다시금 소중해집니다.

살면서 어려움과 역경을 자기 탓이 아닌 남의 탓으로 돌리고 싶었을 때가 많고 무엇보다도 자기 자신이 지은 허물임을 모르고 깊이 참회하지 못하는 제가 지금 뇌성마비 장애인들의 어려움을 가셔주기 위해 최선을 다하고 있는지 돌이켜 봅니다.

거대하고, 빽빽한 기암괴석으로 이루어진 열두 봉우리가 연꽃처럼 둘러쳐진 청량산의 연화봉 기슭에 꽃술처럼 자리 잡은 청량사가 일상에서 편안한 휴식처가 되어 주고, 가슴 따뜻한 도반이 되어 주었듯이 저도 많은 사람에게 그런 사람이 되고자 하는 서원을 세워봅니다.

문수암 가는 길

그냥 떠나보는 것도 괜찮다. 그곳에 무엇이 좋기 때문에, '누가 있다고 하기에'라는 이유를 붙이지 말고 '무엇을 할 것인가' 하는 목적도 달지 말고 길을 나서 보는 것이다.

버스가 달리다 종점에 서면 그곳에는 절이 있고 절로 들어가면 바람결에 풍경이 뎅그렁거리며 기다린다. 대웅전 뒤 매화나무 가지에 겨울 산새가 앉아 매화 피기를 기다리고 오후 햇살에 오층석탑 그림자가 길어지는 산사를 바라보면 추워도 춥지 않다.

"들어와 차 한잔하고 가요" 하는 스님의 짧은 말씀은 고스란히 법문이 돼 풍경과 함께 바래지 않는 추억이 된다.

걷는 것도 말하는 것도 어설픈 나에게는 늘 사람들의 시선이 한 번 더 오곤 한다. 어느 곳에서든 나를 바라보는 누군가는 질문을 던진다.

"힘들죠? 여기까지 어떻게 왔어요?"

나의 대답도 비슷하다.

"그냥 여기 오는 길 즐겁습니다. 어떤 이유나 목적이 있어서가 아니라 부처님이 계시니 온 것이지요. 서로가 아무런 시비 없이 존재하는 곳의 일부분이 되는 일입니다."

더 이상 좋은 대답은 없는 듯하다.

무슨 이유로 그리되었느냐고 할 것도 없고, 언제부터 그 모습이냐고 물을 것도 아니다.

수증기나 구름과 비, 눈, 우박의 근원은 물이다. 어느 모습 하나 물이 아니라고 규정할 순 없다. 사람 또한 그렇다. 각기 다른 모습으로 살지만 결국 소중한 생명을 갖고 태어난 사람 이다. 사람마다 서로 다른 견해를 가지고 있으니 나를 부정적 으로 이해하기보다 긍정적인 측면에서 바라보는 노력도 나쁘 지 않다.

여행길에 만나는 사람들은 어떤 것으로 분별하지 않아도 좋은 인연들이다. 앞에 가는 사람은 길잡이가 되어 주니 좋고 옆에 가는 사람은 안부를 물어주니 좋고 뒤에 오는 사람은 뒤에서 지켜주니 좋은 것이다. 더러 걸림으로 남는 인연이 있다면 누구를 만나 대우를 받겠다는 마음으로 떠난 길은 아니기에 법당에서 삼배하면서 그 사람의 안녕을 빌어주는 것도 좋은 맺음이다.

모든 것을 순리에 맡기는 마음으로 장애를 장애로 보고 다름을 바로 인정하는 데서 모든 것을 시작한다면 스님의 "놓음

없이 놓고, 다함이 없이 무엇이든 다 하며 살아가고 있는 것"의 진정한 의미를 알게 된다.

부딪히고 살다 보면 비우고 내려놓기 위해 애를 쓸 때가 많다. 그러나 애써 놓으려 하지 않아도 어느 암자 돌부처와 마주 앉아 쉬면 술렁이던 마음은 잦아지고, 돌탑 하나 쌓으면 다 내려놓아진다.

가만히 생각해 보면 나 자신이 스스로 만든 집착에서 헤어나지 못하고 있을 때가 많다. 한 노보살이 불편한 몸으로 어딜 다니느냐고 야단치듯 말을 건넬 땐 "다닐 만합니다"라고 하면서 돌아서지만, 기분이 유쾌하지 않을 때가 있다. 그 노보살의 말이 나의 안위를 걱정하는 마음에서 비롯된 것이라는 긍정의 마음을 먼저 가졌다면 불쾌할 이유가 없는 것임에도 스스로 걸림을 만들곤 한다.

나 혼자 좋아서 떠나온 길, 그렇게 산사나 암자에 잠시 머문 시간 동안 집착을 버릴 생각도 잊고 수행 잘해야 하겠다는 다짐조차 없다. 무심히 떠나왔다 돌아가는 회향일 뿐이다.

봄에 다친 상처가 지금까지 아픔으로 남아있지 않듯, 지난여름 더위 속에서 땀 흘리던 날을 지금 있는 일처럼 다 기억하지 못하듯 그렇게 그렇게 잊고, 놓으면서 사는 삶이 곧 여행이고 수행이다.

어르신의 전화 한 통

사는 것은 인연의 맺음이다. 좋은 인연이란 '나를 앞세우지 않고 나를 기준으로 보는 편견이나 집착이 개입되지 않은 인연이다.'라고 하는 말을 종종 듣는다.

우리가 만나는 인연에는 의도하지 않아도 계산된 나의 분별심이 존재하곤 한다.

나를 대하는 상대도 그럴 것이다. 분별심 없이 상대를 인정해 주면 좋은 인연이 되겠으나 곱고 미움, 능력이 있고 없음, 생각이나 지향점이 다른 데서 오는 옳고 그름을 따지면서 갈등 관계가 되는 경우도 많다.

아직 코로나19의 상황이 어찌 변할지 모르지만, 올해는 장애 불자들과 사찰 순례를 갈 수 있기를 바라는 서원을 담아 순례 계획을 세우고 있다. 그러면서 남해 대흥사, 마곡사, 낙산사와 신흥사, 화엄사, 청량사 순례 등 지난 사찰 순례 사진을 꺼내 보았다.

장애인들과 동행이 되어 줄 자원봉사자들의 참여도 참 중요한 일임을 떠올리는데 1990년대 초 전 직장에서 자원봉사자로 인연을 맺은 팔순의 어르신이 전화를 주셨다.

장애인 편의시설이 어딜 가나 없다시피 했던 그 시절에 온 가족이 여름휴가를 내서 100여 명의 중중장애인과 100여 명의 자원봉사자가 1대1로 매칭되는 여름 캠프에서 활동하던 때가 그립다고 하셨다.

장애인을 업고 한라산을 오른 일, 동해 바다에서 인간 띠를 만들어 장애인들이 안전하게 바다 물놀이를 하도록 한 일, 숙소인 초등학교에 편의시설이 없어 나무 경사로를 수작업으로 만들어 설치한 일, 사람은 버스에 타고 휠체어는 트럭에 실어 이동하던 일 등 회상은 끝이 없으셨다.

재작년 여름 낙산사에서 잠시 뵈었을 때만 해도 정정하셨는데 뇌졸중으로 휠체어를 타고 다니니 봉사활동을 하던 시절의 장애인들이 더 그립다고 하셨다. 그나마 다행스러운 것은 산을 좋아하는 자신을 배려하여 아들 내외가 케이블카가 있거나 무장애 길이 조성된 산과 사찰을 자주 데려가 주어 즐거운 여행을 하는 것이라고 하셨다.

사회복지를 전공하면서 동시에 환경운동을 하는 손자가 사회복지와 환경운동 사이에 상충되는 부분이 많음에 고민이 많고 무엇을 우선순위에 두어야 하는지를 살피는 것이 부족하다고 걱정하시면서 손자의 일화를 말씀해 주셨다.

「손자의 지인들이 집에 놀러 왔어요. 마침, 환경보존에 대한 TV프로가 나와 자연스럽게 대화의 주제가 그쪽으로 흘러갔지요. 환경보존에 관한 여러 사례가 나오고 사회적 약자를 위한 자연환경 조성, 최근 케이블카 설치 문제가 이슈화된 산 이야기도 대화의 주제가 되었지요.

손자가 장애인들이 소외되지 않으면서 자연환경 보존을 하는 방법을 외국의 사례를 찾아보면 좋겠다고 하니 "장애인인 내 가족이 갈 곳이라고 생각하면 좀 더 관심이 가겠지요"라고 하더군요.

장애인에 대한 상식이 전혀 없는 다른 한 사람은 지금 케이블카가 설치되려는 곳은 장애인을 팔아 이익을 보려는 업자가 대부분이고 장애인에게 기존에 케이블카가 설치된 곳으로 가라고 하면 된다며 자신도 못 가본 곳이 많음을 강조하였어요.」

어르신은 변화하는 시대에 참 개념 없는 사람이더라며 말을 이어가셨다.

「우리 사회는 서로 상충되는 것이 많고 내가 하는 일에 상충되는 일이 생겼을 때 그 상충되는 그것에 관한 공부를 하고 살피는 것이 중요해요. 그리고 난 후에 전문가들이 타당한 조사와 평가를 한 후 내린 결정에는 따라야 해요」

어르신의 말씀은 손자의 작은 일화지만 중요한 말씀이다.

사찰의 장애인 편의시설과 문화재 보호법, 장애인의 기본권과 환경보존 문제, 문학의 언어와 장애인의 인권 등등 서로 상충하는 요소들이 많다. 그리고 대부분 사람은 장애인을 위한 편의시설은 장애인뿐만 아니라 모든 사람이 편하다는 것을 생각하지 못한다.

어떤 한 상황에서 자신의 굳어진 관념과 선입견으로 상대에
게 자신의 의견을 주장하기 전에 상충하는 것에 관해 폭넓은
공부를 하고 처지를 바꿔서 살펴보는 게 먼저이다. 생각이 다
를 뿐이지 어느 한쪽이 틀린 것은 아니기에 모두 존중받아야
한다.

이 순간도 이어지는 인연 속에서 얼마만큼 분별심 없는 시
선으로 세상을 바라보고 있는가 살펴본다.

통도사에 핀 지장매

통도사 산문에 들어 쭉 뻗은 아름드리 노송이 춤추듯 구불거리는 무풍한송길을 걷노라면 푸른 기운이 감돈다. 길 양옆에 사열하듯 서 있는 소나무 길 위에는 소나무의 호위 아래 추위를 견디고 숨은 듯 나지막이 들꽃들도 피어나고 있다. 절에서 나오는 사람들은 매화가 너무 예쁘다고 하면서 지나갔다.

대여섯 살이 되어 보이는 아이와 엄마가 앞서 걸어가고 있었다. 엄마는 아이에게 조금만 더 들어가면 예쁜 꽃이 활짝 피어 있고 절은 유네스코 세계유산에 등재됐고 국보로 지정된 대웅전과 금강계단, 보물로 지정된 대광명전과 삼층석탑 등 문화재가 많다는 설명을 해주는 말이 얼핏얼핏 들렸다. 앞에서 한 스님이 걸어오자, 아이가 엄마에게 "스님은 왜 고기를 안 먹어요?"라고 물었다. 아이 엄마는 생명을 사랑하고 귀하게 여기기 때문이라고 답하였다.

그랬더니 아이는 다시 "엄마 엄마 식물도 소중한 생명이잖아요."라고 물었다. 아이 엄마는 "식물도 생명을 갖고 있지만,

동물보다 고통을 덜 느낀단다. 안 먹으면 죽으니까 어쩔 수 없이 먹는 거야."라고 답하였다. 그래서 죽지 않을 만큼만 먹는 것이라고 덧붙였다.

이들을 앞서 발걸음을 재촉했기에 아이와 아이 엄마의 대화는 더 이상 들을 수는 없었다. 하지만 우리 사는 세상에 같은 생명인데 동물이라 고통을 더 느끼고, 식물이라 고통을 덜 느끼나, 아이에게 다르게 설명할 수 없었을까 하는 상념이 들기 시작했다.

아이에게 나라면 하면서 좋은 답을 찾아 들려주고 싶었으나 나의 얕은 불심과 지식으로는 아이 엄마보다 더 좋은 답이 떠오르질 않았다. 가던 발걸음을 멈추고 아이에게 미소를 지어 인사하는 것으로 묻지도 않은 답을 했다.

송강 스님의 백문백답에 보면 부처님은 초기 경전에서 깨끗한 마음으로 준 음식은 모두 청정하다고 말씀하셨고 이 말씀을 하신 뜻은 음식으로 일어나는 여러 시비를 없애고 음식에 대한 집착을 끊는 데 있을 것이며, 수행자에게 음식은 수행 생활을 지속할 수 있도록 건강을 지켜주는 약이라는 내용이 있다.

"이 음식이 어디서 왔는고. 내 덕행으로 받기가 부끄럽네. 마음에 온갖 욕심 버리고 육신을 지탱하는 약으로 알아 깨달음을 이루고자 이 공양을 받습니다." 공양게를 떠올리며 바른 공부와 실천을 해야겠다는 생각이 나 스스로 자기반성에 이르렀다. 식물이든 동물이든 세상의 모든 생명을 존중하는 맘으로 감사해야 할 것이다. 아이와 아이 엄마의 대화를 듣게 된 데서 일어났던 상념은 노송들 사이 하늘 끝에서 아득히 내려오는 빛줄기를 올려다보는 것으로 끝이 났다.

매화꽃이 피어 봄은 오고 있다고 해도 아직 옷깃 사이로 스미는 무풍한송길의 바람이 싸하니 차다. 바람 부는 흙길을 걸어 들어가자니 석등이 참 많다. 등이 켜진 밤길을 걸어보고도 싶어졌다. 초행길에 등대 같은 역할을 해주는 이정표를 따라 통도사 경내에 들어서서 천왕문을 지나니 그 유명한 매화나무 지장매가 보인다. 수많은 사람들의 카메라 셔터 소리가 전주곡처럼 먼저 들려오고 활짝 핀 매화가 환하게 서 있다.

한겨울 매서운 추위를 견디고 난 후 피어서 맑은 향기를 내는 매화처럼 어느 순간 역경을 만나면 신념을 꿋꿋하게 지킬 수 있을까 하는 물음표를 던진다. 살아가는 가운데 중요한 것은 남에 의해서가 아니라 자기 마음속에 중심을 세우고 사는 일, 겨울의 시린 고비를 넘기고 핀 매화를 닮을 일이다.

오래된 절집에 나이 든 매화나무는 나의 물음표에 스스로 답을 찾으라는 듯 제 빛깔을 드러내려고 하니 꽃이나 그 꽃을 대하는 객이나 향기 속에 소란스럽다. 온 도량에 붉은 매화 향기가 가득 번지니 경봉 스님께서 "향기에도 소리가 있다"라고 설하신 말씀이 화두처럼 다가선다.

봉덕사와 나의 어린 시절

달리는 버스 안에서 내다뵈는 의암호는 봄빛을 가득 담고 출렁인다. 구름 사이로 나온 햇살이 비쳐 반짝이는 호수의 물도 나도 서로에게 반갑다고 인사를 하니 정말로 반갑기 그지없다.

아침에 일어나 오늘도 오가다 만나는 사람들을 소중한 인연으로 있는 그대로 보아주고 어린 시절의 기억 저편에 있는 추억으로 글 한 줄 남길 수 있으리라는 바람으로 대문을 나섰다. 고향 어르신이나 친구라도 만나리라는 기대도 해본다.

의암호를 한참 돌아 들어가다 보면 내가 자란 고향마을로 가는 초입에 봉덕사가 있다. 절로 들어가는 언덕길에는 작년 가을 노랗게 아름답던 은행나무의 가지마다 새잎을 틔우기 위해 물이 오르는 소리가 들려오는 듯하고 대웅전 옆 미륵부처님이 어서 오라고 뛰어 내려오실 것만 같다.

언제나 반겨주시는 주지 혜욱 스님의 환한 미소는 아늑한 고향에 왔음을 알려주시는 듯하였다. 스님과 차를 마시며 담소하는 사이 조각조각 떠오르는 어린 시절의 기억들이 함께 앉아 있는 것처럼 눈가에 주름이 나이를 속일 수 없는 세월이 흘렀어도 어린 날의 나는 그대로였다.

봉덕사 앞에는 내가 다니던 초등학교가 있었다. 부모님도 다니셨던 초등학교는 1970년 입학한 지 얼마 안 되어 오래된 교사가 헐리고 그 옆에 2층의 새 교사로 이사를 하였었다. 혜욱 스님께서도 50여 년 전 일인데도 기억하고 계셨다. 그 당시 봉덕사가 현재의 자리에 자리를 잡은 지 얼마 안 된 시기로 은사 스님을 모시고 있던 혜욱 스님께서도 어린 시기였을 것으로 생각된다.

우리 집은 학교에서도 2km쯤 골짜기로 더 들어가 있어서 장애가 있는 아홉 살 내가 걸어서 등하교하기에는 먼 길이었다. 농번기로 농사일이 바빠지자, 어머니는 더 이상 학교를 데리고 다닐 수가 없어서 오늘부터 조심히 너 혼자 가라고 하셨단다. 개울을 업어 건네주고 멀리서 학교에 가는 나의 뒤를 밟았는데 돌부리에 몇 번 넘어지면서도 학교까지 잘 가서 안심하셨다고 한다. 나이 든 내게 담담히 추억으로 말씀은 하셨지만, 노심초사했을 어머니의 맘을 헤아리고 남음이 있다. 부모님으로부터 사람의 몸을 받고 사랑으로 보살핌을 받았기에 잘 자랐으며 만나기 어려운 부처님 법을 만나 불자가 되고 봉덕사에까지 왔으니 참으로 그 은혜가 헤아릴 수 없이 큰 것이다. 어느 생에라도 다시 부모와 자식으로 인연이 되어 은혜를 갚을 수는 있을까?

지금 부모님은 두 분 다 안 계시지만 부모님이 주신 이 몸도 이 생에 단 한 번일 것을 명심하고 삶에 순간순간 최선을 다함으로써 그 은혜에 조금이라도 보답이 되었으면 한다.

어린 시절 기억의 한 파편으로 봉덕사에서 놀던 기억이 남아 있다. 단풍 든 절 앞 바위에 친구들과 놀던 기억, 법당 안에서 이리저리 다니면서 불단에 올라가겠다고 했던 기억들이다. 후에 어머니가 들려주신 이야기로는 봉덕사는 작은 절이었는데 법당에서 가만히 있지 못한 나를 야단치는 어머니에게 스님은 부처님이 좋아 그러는 것 같으니 그냥 두라고 하면서 놀게 하셨다고 한다.

단풍 든 절 앞 바위에 친구들과 놀던 기억이 있다는 나의 말에 혜욱 스님은 "1970년 그 시절만 해도 시골에서는 아이들이 소풍 갈 만한 곳이 없어 절로 소풍을 오곤 했어요. 아마 그 기억일 거예요"라고 말씀하셨다.

어머니가 절에 갔다 오신 날에는 "저 아래 스님께서 모든 것은 다 네 마음에서 이뤄지니, 바른 마음 간직하고 살면 좋은 인연이 많이 찾아올 거라고 나에게 자주 말해 주라 하셨다"라고 하신 말씀도 어렴풋하게 기억난다. 어머니가 말씀하시던 저 아래 스님은 혜욱 스님의 은사 스님이셨을 것으로 짐작된다.

혜욱 스님은 아주 수생에 걸쳐 이어진 소중한 인연일지도 모르겠다고 하시면서 차를 더 내려주셨다. 찻물 소리가 또르르 봄 냇물 소리처럼 투명했다. 투명한 찻물 소리를 따라 나를 자라게 한 어린 시절의 친구와 선생님, 오늘 봉덕사까지 오는 길에 만난 사람들이 떠오른다. 모두 나에게 소중한 은혜를 베풀었던 전생의 인연에서 현생의 인연으로 이어진 것은 아니었을까?

그 모든 사람이 나에게 은혜를 베푼 소중한 전생과 현생의 인연이라고 생각하면 삶이 조금 녹록지 않을 때 위로가 되고 힘이 되어 줄 것이다. 그것에 대한 고마움으로 나 또한 남을 살피면서 수행 정진한다면 삶을 따뜻하게 사는 불자가 되어 좋은 이음과 맺음을 할 수 있을 것이다.

길상사에서 마음의 쉼표 하나 찍다

철이 들면서부터 나의 소망은 평범하게 사는 일이었다. 생활이 단순하고 작을지라도 의지대로 자연스럽게 살고 싶었다. 특별나 보이는 내 삶을 누구도 대신해서 살아줄 수 없는 일이기에 보이는 그대로의 나로 살고 싶음이 간절했는지도 모르겠다.

때로는 상처를 받는 그 소망을 토닥토닥 위로해 준 법정 스님의 책들, 그 가운데 책장에서 손에 잡히는 책 한 권을 들고 길상사에 가는 길은 무심의 즐거움이 있다.

봄비 그친 길상사가 맑았다. 그리 많지 않은 사람들 곁으로 바람이 스쳐 갈 뿐 고요하였다.

아직 봄비의 흔적을 담고 있는 바람결에 영춘화 꽃잎 몇 개가 떨어지더니 극락전 풍경소리가 청량하게 들려왔다. 일주문에서 합장 인사를 하는 사람에게도, 침묵의 집 참선자들도, 백석과 길상화 보살의 사랑 이야기와 길상사의 유래를 이야기하는 나들이객에게도 들릴 풍경소리다. 진영각 법정 스님도 풍

경소리에 일어나, 당신이 좋아하던 꽃 개나리꽃인지 개나리인
지 가벼운 시시비비를 가리는 두 젊은이를 예쁘게 바라보실
모습도 그려보게 되었다.

경내 곳곳에서 커다란 카메라로 사진을 찍는 사람들의 앵글
속에도 풍경소리가 담길까?

왠지 관음보살상 앞에서 노루귀꽃과 관동화가 핀 자리를 묻
던 노 사진작가에게는 꽃 속에 앉은 풍경소리가 한 컷 정도 담
겼을 것 같다.

법당에서 삼배를 하고 나와 걷기 수행을 하듯 천천히 경내
를 한 바퀴 돌았다. 사람은 몇 사람 되지 않아 적막감마저 들
었지만, 예년에 못 보던 봄꽃들이 군데군데 피어 반가운 듯 인
사를 했다. 극락전 앞과 적묵당 앞 흰노루귀꽃과 청노루귀꽃
관동화 늦은 복수초 처녀치마 등이 지고 있었고 맑고 향기롭
게 사무실에서 길상선원으로 가는 언덕길을 따라 노란 영춘화
와 수선화가 피어 있다.

어김없이 꽃 근처에는 사진을 찍는 이들이 있다. 카메라를
들고 앵글을 맞추는 사람들의 자세를 보면 사진으로 나올 풍
경의 모양을 짐작할 수가 있다. 한 장의 좋은 사진을 찍기 위
해 심혈을 기울여 집중하는 모습을 보면서 내가 살아가는 것
은 어찌 보일까? 어떤 이는 어설프다고 하고 어떤 이는 그만하
면 잘살고 있다고 볼 것이다.

삶은 주어진 환경에 따라 다름은 있을지라도 정해져 있지
않을 것이다. 내가 서 있는 순간에 이 순간을 최선을 다해 살

수 있어야 한다. 지금, 이 시각에 길상사 도량에 오지 않았다면 아름나운 봄꽃들을 만나지 못했을 것이고 사진 찍는 사람들을 통해 나를 돌아보지도 않았을 일이다.

사는 일이 맘대로 되는 건 아니어서 스스로 노력하는 삶을 살고 남 보기에 잘 살아 보여도 결과는 그렇지 않을 때도 있다. 눈앞에 한 송이 꽃을 접사로 초점을 맞추어 찍었지만, 나온 사진에는 꽃에서 초점이 벗어나서 멀리 서 있는 나무가 선명하게 나오는 때가 있는 것처럼 우리의 삶에도 종종 있을 수 있는 일이다. 그렇다고 해서 사진의 초점이 빗나간 것을 카메라를 탓할 수는 없고 노력은 했으나 만족할 만큼 나오지 않은 일의 결과를 두고 무엇 때문이라고 원망할 수는 없다. 그때는 무심으로 돌아가서 나의 본마음에서 나오는 울림을 들어보는 것, 바른 안목으로 순간을 잘 파악했는지 살펴보는 것도 필요하다. 그리고 시간과 환경이 달라진 후에 초점 안 맞은 사진도 유용하게 쓰일 수도 있고 좋은 방편이 될 수 있을지 모른다.

그렇기에 최선을 다하는 삶 속에서 잘 난 것도 못난 것도 사랑해야겠다. 나와 공존하는 모든 것을 귀하게 여기며 사랑하는 때가 이 순간 바로 이때지 따로 오는 것은 아닐 것이다.

경내를 한 바퀴 돈 후, 진영각으로 올랐다. 조금 전 꽃 핀 자리를 물었던 노 사진작가가 진영각 마루에 앉아 찍은 사진들을 확인하고 있었다. 찍은 사진 중 일부만 남기고 삭제하는 듯 보였다. 필요 때문에 사진을 수십 장 찍었지만, 그 사진에 마음이 쓰이고 얽매임이 될 수 있음에 의도에 맞는 몇 컷만 남겼

을 것이다. 지우기 아까운 컷이 있는 듯 들여다보고 또 들여다
보는 표정에서 시를 써놓고 망설이며 한 단락을 지우던 내 마
음과 다르지 않음을 본다. 합장 인사를 하며 진영각을 나서는
노 사진작가의 발걸음이 가볍다.

그의 뒷모습을 바라보면서 바로 버릴 줄 아는 것, 무소유는
단순히 아무것도 갖지 않는다는 것이 아니라 불필요한 것을
갖지 않는 것이라고 하신 법정 스님의 말씀으로 마음의 쉼표
하나를 찍었다.

마곡사와 장애인의 날

100여 년 만에 일찍 벚꽃이 핀 주말을 지나면서 서울도 적 잖이 떨어졌기에 마곡사 가는 길에는 꽃을 기대하지 않았다. 천변을 따라 산 벚꽃이 피어 있고 나뭇가지마다 연두색 잎들 이 나고 있었다.

경내로 들어가는 입구는 길의 경계를 나누지 않은 넓은 공 간은 들어가는 길을 강요하지 않아 편안하다. 해탈문 옆에 활 짝 핀 벚꽃이 바람이 불 때마다 꽃비가 되어 내린다. 꽃비를 맞으며 한참 섰다가 극락에서 세상으로 돌아가듯 되돌아가 다 시 해탈문과 천왕문을 통과하여 극락교를 건넜다. 해탈문을 지나 희지천을 건넜으니, 사바세계를 벗어나 극락세계에 들어 온 것일까? 연등에 둘러싸인 5층석탑, 석탑 뒤 대광보전, 대광 보전 뒤로 올라 대웅보전, 극락교를 건너와 만난 마곡사 경내 에서도 내게 길을 강요하지 않는 자유로움이 가득하다.

대광보전의 비로자나 부처님은 여전히 보일 듯 말 듯 한 미 소를 지으며 할 얘기가 있느냐고 묻는 듯하지만 나는 할 말이 없다. 어느 절 어느 부처님이든 앞에 앉으면 마찬가지다. 다만 살면서 때때로 "당신이 있어서 다행입니다."라고 하게 되는 생각이 답이 될 수 있을까?

마곡사 대광보전에는 앉은뱅이 설화가 있다. 마곡사 인근에 살던 앉은뱅이가 마곡사를 찾아와 100일 기도를 드리며 삿자리를 짰다고 한다. 그는 삿자리를 짜며 다음 생에 걸을 수 있게만 된다면, 세세생생 보시하는 삶을 살겠노라고 서원을 세웠다. 간절한 기도를 하다 보니 서원은 사라지고 지금 자신이 살아있음을 감사하게 되었다. 100일이 흘러 마침내 삿자리를 완성했다. 삿자리를 부처님께 바치고 난 후 법당을 나오려는데 자신도 모르게 걷게 되었다.

기도를 마치며 깨달은 진정한 참회와 지금 자신이 살아 있음에 감사하게 되었던 그 마음에 공감이 간다.

이후 시간이 흐르면서 병을 낫고자 하는 사람들이 삿자리를 조금씩 잘라가는 바람에 삿자리 위에 다른 천을 덧댔다는 말도 있다. 지금은 대광보전 마루에 깔린 카펫 밑에 삿자리가 있다고 하는 참배객의 대화도 들을 수 있었다.

사람들은 대광보전의 삿자리 이야길 들으면 각기 다른 생각을 할 수 있을 것 같다.

어떤 사람은 몸에 장애가 없어도 무엇을 하지 못하겠다고 하는 사람이 있고, 몸에 장애가 있어도 무엇인가를 이루어 내는 사람이 있다면서 장애는 걷지 못하는 몸에 있는 것이 아니라, 그것을 장애로 받아들인 마음에 있는 것이라 할 것이다.

그 장애는 우리 모두의 마음속에 있는 것이라 할 것이다.

또 어떤 사람은 대광보전 삿자리를 구해 자신의 병을 낫고자 하는 사람은 많아도 정성을 들여 삿자리를 만들고 진정한 보시하려는 사람은 드물 것이라는 생각을 할지도 모른다.

나는 자연스럽게 내 가까이에 있는 장애 시인들이 떠올렸다. 장애 시인들이 자기 삶의 이야기를 진술하게 시로 써간 마음이 앉은뱅이가 일념으로 삿자리를 정성스럽게 짜던 마음을 닮아 보였다. 어려운 가운데도 이들의 시집을 내주고자 하는 것도 시 한 편 한 편이 삿자리와 같다는 생각 때문이다. 그리고 삿자리를 짜는 심정으로 장애인 인식 개선 자료집 "우리 만나면 이렇게 해요(알아두면 좋은 장애인에 대한 에티켓)"을 인쇄 중이다. 전국 사찰에 보낼 계획이다.

며칠 있으면 4월 20일 장애인의 날이다. 장애인의 날을 앞두고 찾은 마곡사에서 불교와 장애인에 대해 다시 기본적인 생각을 해본다. 불교에서 긍정적인 장애인관의 걸림돌이 되어온 것은 전생의 업 사상이다. 요새 사찰에 가면 장애인에게 전생의 업을 말하는 스님과 불자는 거의 없다. 이러한 긍정적인 변화 속에서 이제 불교에서의 장애인 인식 개선을 논할 때도 다양한 접근을 해야 할 것이다. 경전에 있는 단어 사용, 해석 등에서 인식의 변화를 넘어 장애인들이 불교 곳곳에서 활동할 기회를 많이 주어 불교 현장에서 만남과 소통을 통해 자연스러운 인식 개선이 되도록 하는 것이 중요하다. 현재 장애인복지의 이슈는 자신이 사는 지역사회로의 통합이다. 장애인들의 신행 생활도 자신이 사는 지역사회 사찰에서 신행 생활을 하도록 함도 필요하다. 지체장애인과 뇌병변장애인은 편의시설 설치가, 청각장애인은 수어 통역이, 시각장애인은 점자 안내가 필요하다. 이와 더불어 편의시설 설치에 대한 새로운 시각이 필요하고 수어와 점자에 전문 지식을 갖춘 스님과 불자들이 늘어나야 한다. 전문 기관에서 수어 통역사 교육을 받고 국가 공인 수어 통역사 자격을 갖추고 점자에 대한 전문적 지식을 갖춘 스님과 불자가 늘어났으면 하는 바람이다.

올 장애인의 날을 맞으며 내가 진정으로 바라는 것은 장애인의 날, 장애와 비장애, 차별, 인식 개선 등 이런 말들을 쓰지 않아도 되는 날을 맞는 것이다.

창경궁에서 만난 두 석탑

　나무마다 꽃이 피었다 진 가지에 연두색 잎들이 자라 신록의 그림자를 만들기 시작하였다. 산이 아니더라도 거리 어디서나 신록으로의 제빛을 갖는 나뭇잎들이 신선함과 평화로움, 생동감을 안겨준다. 그리고 시간과 사회의 변화에 발이라도 맞추듯 타지에서 들어온 나무와 꽃들이 토착화되어 아름답게 어울려 피고 지는 것을 흔히 볼 수 있다. 그러한 변화는 인위적으로 의도된 것도 있고 교류가 많아져서 자연스럽게 그리된 것도 있다. 또한 환경에 적응하는 근기에 따라 혹은 타자의 의지로 생존과 소멸의 줄을 서게 된다.

　우리는 생존하고 소멸하는 그것들에 대해 지키지 못해 없어진 것을 그리움을 더해 안타까워하고 새로운 것에는 옳다 그르다 시시비비를 가리곤 한다. 열악한 환경에서 살아남은 것에는 기특해하고 찬사를 보내곤 한다.

　우리는 생존과 소멸 속에서 환경과 모양이 변하고 쓰임새가 바뀌었더라도 그 본질, 근본 자리는 바뀌지 않음을 잊고 사는 경우가 많다. 내가 서울에 있다고 해도, 나의 고향은 그대로이고, 유럽의 성당 안에 있다고 해서 종교가 바뀌진 않으며 탑이 엉뚱하게 궁궐 한가운데 서 있을지라도 부처님을 예경하는 탑이 아닌 것은 아닐 것이다.

서울의 창경궁에는 두 개의 탑이 있다. 보물 제1119호인 팔각칠층석탑과 명정전 뒤 오층석탑이다. 이 두 탑이 유교를 중시하던 조선의 궁궐에 어떻게 서 있게 되었는지 그 까닭이 궁금해지나 오층석탑의 자리를 옮기기 위해 불교계에서 노력했었다는 뉴스 등이 있을 뿐 자료는 그리 많지 않다. 그러니 조선시대 궁궐 안에 어색하지 않게 서 있는 탑의 내력이 더욱 궁금해지는 것은 당연해지는 일일 것이다.

춘당지(春塘池)의 비탈진 땅에 보물 제1119호인 팔각칠층석탑이 있다. 탑의 1층 기단 위에 7층 탑신을 올려놓고 몸돌보다 기단부가 상대적으로 높고 많은 조각 장식을 한 라마탑 형태의 석탑이다. 조선 성종 원년인 1470년에 중국에서 만들어진 것으로 일제강점기인 1911년 창경궁 안에 이왕가박물관을 건립할 때 한 상인으로부터 구매하여 세운 것이라고 한다.

석탑의 기단은 사각형의 받침돌과 팔각의 2중 기단으로 되어 있고 그 위에 놓인 팔각형 돌의 각 면에는 꽃무늬가 새겨져 있다. 팔각의 납작한 돌 위에는 둥그스름한 탑신 받침을 놓고 화려한 연꽃무늬를 돋을새김하였으며 1층 탑신은 위층에 비해 높으며, 지붕돌은 팔각으로 목조 건물의 지붕처럼 표현하고 있다. 지붕돌 윗부분은 그 재질로 보아 후대에 보완한 것으로 보인다. 자료를 읽으며 원나라 불교의 영향을 받았다는 마곡사 오층석탑 상부의 풍마동이 떠오르기도 했다.

제 나라 제 위치에 있었으면 좀 더 제 역할을 하며 빛이 났을 거라는 생각이 들었다. 춘당지를 사이 두고 카메라 렌즈 속으로 들어오는 팔각칠층석탑은 주변 나무들과 어울려 초록으로 물들고 있다. 남의 나라 이국에 와서 궁궐의 한 귀퉁이에 살며 보물까지 되었으나 햇살의 그늘이 드리워져 쓸쓸해 보였다. 라마사원에 있어야 할 탑이 고향을 떠나와 있어서일까.

이제는 창경궁의 정원 춘당지 일부가 되어 창경궁을 대표하는 탑이 되었으니 나름의 빛남이 있을 것이다.

창경궁의 또 하나의 탑은 창경궁 함인정 옆, 명정전 뒤에 서 있는 오층석탑이다. 석탑 1층 탑신에 새겨진 부처님 좌상은 왕과 왕비의 침소인 환경전을 바로 향하고 있다. 유교를 숭상했던 조선에서 왕의 침전 앞에 왜 석탑이 세워져 있을까 하는 의구심을 갖게 된다. 창경궁을 찾은 사람이라면 나와 같이 무언가 이상하다고 생각할 것이다.

일제강점기에 어디선가 옮겨진 고려시대 석탑이라는 이 오층석탑은 국립문화재연구소 연구 조사에서 충청 지역 사찰에서 건립된 사리탑(舍利塔)이었을 가능성이 크다 하였었다.

일제강점기 당시 창경궁 전각들을 허물고 동물원, 식물원, 박물관을 세웠고 이때 일제는 정원의 장식용으로 삼듯 전국 곳곳에서 고려 석탑을 궁궐로 가져왔고 그 고려 석탑 상당수는 현재 국립중앙박물관의 야외 전시장으로 옮겼다고 한다.

불교 문화재와 궁궐이 이렇게 타의에 의해 훼손되었음은 참으로 슬픈 역사다. 동물원이었던 창경궁이 궁으로의 모습을 찾았고 1930년대부터 현재의 자리에 있었음도 나름의 역사성을 갖고 있을 터이고 탑의 근원이 밝혀져 제자리를 찾게 된다면 그보다 더 좋은 일은 없을 것이다.

　창경궁의 팔각칠층석탑이나 오층석탑이나 모두 각기 다른 모습을 하고 비록 처음의 자리에서 옮겨져서 지금의 자리에 서 있지만, 현재의 자리나 이전 전 애초의 자리에서 그 불법의 근본 자리로 본다면 부처님께로 향하는 한자리에 있는 것이며 모두가 한 모습일 것이다.

　어느 시인은 "탑은 돌로 지은 것이 아니라 간절함으로 쌓아 올린 마음"이라고 말했었다. 탑이 있는 고궁의 풍경 속에서 탑을 마주하고 선 나의 마음도 탑의 지나간 날의 연유와 역사는 뒤로하고 시인의 말에 공감한다.

　신록이 빠르게 짙어질 고궁에서 두 탑은 침묵으로 서 있지만 코로나19의 현실이 어렵기만 한 나라와 국민이 두루 평안하기를 기원하고 있을 것이다.

4부

안성 석남사와
영화
소울

부석사에서 만난 좋은 벗

    누구나 살면서 생의 한 지점에서 삶에 큰 길잡이가 되어 준 사람이 있게 마련이다. 그 인연으로 해서 또 다른 좋은 인연을 만나 평생의 벗이 되기도 된다. 5월이 되면 이들이 자연스럽게 더 생각나고 청명한 날만큼이나 사는 일이 고맙고 복됨을 느끼게 된다.

    영주 부석사 근처에는 사회 초년생 시절에 만난 벗이 산다. 복지단체 홍보 담당자와 취재기자로 만나 벗이 되었으니 흔치 않은 만남이기도 하다. 벗은 10여 년 전 기자 생활을 접고 귀향하여 살고 있다. 매년 부석사 오르는 길에 사과가 익고 은행잎이 고운 시절에 만나러 갔지만 올핸 사과꽃을 보러 간다는 이유로 약속을 잡았다. 사실 번잡한 4월을 보내면서 벗이 보고 싶기도 했다.

    부석사를 오르는 길은 일주문 보행로 공사가 한창이었고 양옆 사과밭의 사과꽃은 지고 있었으나 시 한 편에 담을 만큼은 남아있었다. 벗은 길을 오르며 옛이야기를 꺼냈다.

어린이날, 어버이날, 스승의 날 등 기념일이 많은 5월이면 언론사에서 휴먼스토리를 찾는 경우가 많아, 미리 보도자료를 준비하고 보내곤 하였다. 신입 기자였던 벗은 선배 기자에게 내가 보낸 보도자료를 건네받고는 바로 전화를 했다. 홍보 담당자를 찾아 나라고 하니 못 믿는 듯 다른 직원을 바꾸라고 하는 것이다. 다른 기자들도 그랬듯이 말이 어눌한 장애인이 홍보 담당자라고 하니 고개를 갸우뚱하고 대화가 길어지면 길어질수록 점점 경직되어 가는 나의 목소리에 당황했던 벗이다.

때마침 벗과 내가 통화하는 것을 본 직장의 최고 어른이 벗에게 "홍보 담당자의 기준이 따로 있느냐, 장애인복지단체에서 장애인이 홍보 담당자를 하는 일은 특별한 일이 아니다"라며 근처로 취재하러 올 일이 있으면 차 한잔하러 오라 하셨다. 전화 통화 후, 며칠 지나지 않아 벗은 사무실을 찾아와 어른과 일상의 이야기를 나누고 돌아갔었다. 벗이 부석사 밑이 고향이라고 했더니 부석사의 선묘 낭자 이야기는 영국 유학 시절에 만난 한 여인을 생각하게 한다면서 유머러스하던 어른의 모습을 아직도 기억한다고 했다. 그리고 어른은 장애에 대하여 특별하게 말씀하지 않으셨지만, 나를 대하는 말씀과 행동은 장애인에 대한 어떠한 설명보다 더 크게 다가왔다고 했다.

참 고맙고 좋은 벗이다. 현재의 만남이 몇 생에 걸쳐 만들어진 인연이라고 해도 구름이 흘러가듯 흘려보내는 인연도 있을 것이다. 좋은 인연도 좋은 인연임을 알고 이어가기 위한 노력이 필요할 것이다. 보도자료를 보고 기자로서 전화한 벗이 답

답함에 전화를 그냥 끊었거나 전화를 받는 내가 왜 무시하냐면서 화를 냈거나 직장의 최고 어른의 사려 깊음이 없었다면 전화 한 통의 인연으로 끝났을 인연이다.

천왕문을 들어서니 연등도 없이 고요하다. 양옆 삼층석탑을 지나 범종루로 향하는데 한구석에 황토인형이 반으로 깨진 항아리를 앞에 놓고 생각에 잠겼다. 마치 언론사에 보낸 보도자료에 "마음이 컸다"에서 "마"에 점 하나를 빼고 음에 점을 하나 보태 "미움이 컸다"로 된 오타를 발견하고 고심하던 사회 초년생 시절의 내 모습 같았다.

범종루와 안양루, 무량수전으로 가는 가파른 계단을 오르자니 숨이 차다. 소백산맥을 향하여 날아갈 듯이 앉아 있는 범종루에 범종은 없고 법고와 목어만 있다. 벗은 법고와 목어가 언제 울릴까 궁금한 모양이다.

안양루 아래 계단을 오르니 무량수전을 지키는 문지기처럼 석등이 섰고 바로 무량수전이 나온다. 안양문과 안양루 두 개의 편액이 붙어있는 안양루에서 멀리 펼쳐진 소백산맥의 연봉과 부석사의 전각들을 내려다보니 아스라이 보이는 소백산맥의 풍경을 마치 정원으로 삼고 있는 듯하다. 벗은 안양루에서 지는 노을도 좋다면서 우리의 모습도 곧 황혼 녘이라고 덧붙였다.

무량수전 안에 협시불이 없이 독존으로 동향으로 모셔진 소조아미타여래좌상은 장엄하다.

무량수전에서 조사당으로 오르는 동쪽 언덕에 삼층석탑이

서 있다. 바로 앞 석등 위에는 불자들의 소원이 담긴 많은 돌탑과 동선들이 올려져 있다. 벗은 석등 위에 돌탑을 쌓고 간 사람들의 마음은 어떤 간절함으로 같았을 것이라며 돌탑을 쌓는다.

탑을 쌓는 벗의 곁에 섰던 부부가 범종루에 부처님 오신 날 현수막 하나가 걸렸을 뿐 아직 연등이 걸리지 않은 절 풍경에 관하여 한 사람은 부처님 오신 날 준비를 아직도 안 했다며 의문을 가졌고 한 사람은 어려운 세월에 맞춰가는 듯 보인다며 내려갔다.

삼층석탑의 1층 기단에 인형 동자승이 부석사 경내를 내려보며 앉아 있다. 동자승의 시선을 멀리 따라가다 보니 내려가는 부부가 시야에 들어온다. 그 시선을 따라가던 친구가 말했다.

"아직 연등이 걸리지 않은 이유를 부석사 스님께 직접 듣기 전까지는 짐작일 뿐, 진짜 이유를 알 수 없지. 또한 부부의 생각에 차이가 있듯이 우리의 시선도 닿는 곳은 같을지라도 보이는 것은 관점에 따라 크게 차이가 날 수 있고 그것은 사실과 다를 수도 있어. 그러니 무엇이든 바로 듣고 바로 보려는 노력이 필요하지 않겠나."

오월의 첫날에 만난 좋은 벗 부석사 친구는 어떤 과정에서 한 상황에 부딪게 되었을 때 긍정과 부정의 단편적인 추측이 아니라 본래의 정황과 이유를 바로 알아야 참모습을 볼 수 있음을 말하고 싶었는지도 모른다.

안성 석남사와 영화 소울

안성 석남사로 가는 버스 안에서 영화 소울이 떠올랐다. 주인공인 조 가드너가 자신의 꿈이었던 재즈 연주가의 꿈을 이룰 연주회를 앞두고 맨홀에 빠져 죽게 되면서 시작하는 영화 소울은 삶의 의미를 찾아가는 영화다. 조 가느너가 사후 세계로 들어가는 길목에서 아직 꿈을 이루지 못하고 죽을 수 없다고 도망간 곳은 태어나기 전 세상, 왠지 석남사에 가면 그 세상이 있을 것 같기도 했다. 아마도 이것은 보고 또 본 소울과 석남사에서 촬영한 드라마 도깨비에서 김신이 풍등 날리는 장면이 내 머릿속에서 상관관계도 없이 서로 오버랩된 까닭이다. 두 영화가 불교적 감성을 지닌 영화라는 데서 시작되었을 것이다.

흐린 하늘 아래 석남사는 초여름 빛이 완연하다. 경사진 언덕에 건물이 층층이 서 있는 도량의 풍경은 예스럽고 소박한 세월의 흔적이 편안하게 묻어난다.

계단을 오르는 길옆에 숲의 나무처럼 서 있는 전각들 사이로 촉촉한 바람이 휙 불어가고 산새 소리도 장단을 맞추었다. 소나기라도 지나가는 초여름 비가 오는 산사 풍경을 상상하니 상상만으로도 그 운치는 배가 되었다. TV 드라마 도깨비에서 눈이 소복하게 쌓인 대웅전 앞에서 주인공 김신이 풍등 하나를 날리는 장면에 못지않은 아름다운 풍경일 것이다.

가장 높은 곳의 대웅전은 단출하고 과묵한 자태로 서 있고 그 아래 보물로 지정된 영산전은 몸을 낮춘 채 겸손하게 서 있었다. 영산전 옆에는 고려 후기의 것으로 추측되는 석탑이 두 기가 서 있는데 외모는 수수하지만, 대웅전과 영산전, 계단 길과 어우러져 강한 존재감을 드러냈다. 대웅전과 영산전에 참배하고 두 탑 사이 내려가는 계단 앞에 섰다. 금광루가 멀리 아득했다.

그리고 발밑에 발자국 두 개가 새겨져 있었다. 이 발자국은 드라마에서 김신이 김선과 왕여의 사후 안녕을 위해 풍등을 띄운 장소를 표시한 곳으로 짐작됐다. 하얗게 눈 내린 석남사의 밤에 풍등에 동생 김선(金善)과 고려왕 왕여의 이름을 쓴 종이를 달아 날렸던 장면은 쓸쓸한 듯 찬란한 듯 오르지만 결국 우리의 삶을 도깨비라는 판타지를 통해 투영한 것이리라. 우리에게 친숙한 도깨비에 관한 이야기에 윤회, 인과응보, 전생, 내생 등 대중적인 불교사상을 반영하고 이야기 전개에 중요한 배경으로 사찰이 등장하여 공감의 폭도 컸고 오래 기억에 남았다.

대웅전을 내려와 마애불을 보러 산길을 올랐다. 바람 한 점

없고 새소리와 계곡물 소리만 들리는 산길이다. 영화 소울에서 보면 어느 시점일까. 주인공 조 가드너가 전생에 떨어져 영혼 22를 만나기 직전의 상황쯤 되지 않을까?

신라시대의 양식을 계승한 고려 전기에 조성한 것으로 보이는 마애불은 연꽃 대좌 위에 서 있다. 이목구비와 두광과 신광은 선명하고 가슴에 얹은 양손은 설법인을 하였으며 옷 주름의 매듭은 방금 묶은 듯 고우면서도 천년의 풍상을 겪어온 흔적이 묻어났다.

어느 절에 가든 그곳의 부처님은 삶의 멘토가 되었듯이 석남사를 굽어보는 마애불도 나의 멘토가 되어 앞에 섰다. 아마도 오늘의 멘토 마애불은 서울에서부터 동행이 된 영화 소울과 닮은 멘토다. 영화 속 주인공은 삶에는 어떠한 목적이 없고 삶은 이분법적으로 성공과 실패로 귀결되는 것이 아니라 매 순간 살아가는 과정인 것을 깨닫게 되면서 마지막에 남을 위해 자기 것을 내주는 주인공의 마음을 헤아리게 되었다.

마애불과 헤어져 안성 시내로 나가는 버스를 타기 위해 서둘러 석남사로 내려왔으나 몇 분 차이로 버스를 놓쳤다. 한 시간 이상 다음 버스를 기다려야 하기에 택시를 부를까 하고 핸드폰을 드는데 갑자기 소나기가 쏟아졌다.

저녁나절 비 내리는 석남사의 풍경은 더욱 고즈넉해졌다. 버스를 놓치지 않았다면 볼 수 없었던 풍경이다. 어느 것에 집착하는 순간에 변하는 우리가 사는 세상의 삶, 바로 그 풍경이 아니었을까!

천불수어만다라의 도량 금륜사

　어느 곳의 절을 가든지 천불을 모신 절이 많다. 고양시 금륜 사도 천불이 모셔진 절이다. 그런데 금륜사의 천불은 좀 다르 다. 수어(手語) 하는 천불만다라다. '법구경'을 수어로 전하고 있 는 천불만다라는 부처님을 같은 자세와 채색 및 구성으로 똑 같이 표현하는 기존의 불화와 달리 1,000점의 부처님이 각기 다른 손 모양을 하고 있다.

　닥종이에 수묵과 채색으로 된 부처님 그림 10점을 한 묶음 으로, 한 불화 100개가 모여 총 1,000점의 부처 불화로 구성된 천불만다라가 1층에 모셔져 있다. 예를 들면 "자기가 얻은 것 을 가볍게 여기지 말라" "남이 얻은 것을 부러워하지도 말라" 는 '법구경' 게송을 10점의 부처님 수어 불화로 표현하고 있다. 마치 부처님께서 청각 장애인들에게 수어로 '법구경'을 설하는 현장 같다. 우리나라에서 유일한 수어가 있는 법당, 아니 세계 에서도 단 하나뿐인 법당이지 않을까 싶다.

　처음 금륜사를 찾았을 때 본각스님은 "부처님께서 진리를 설한 '법구경' 게송을 수어로 그려 '천불수어설법도'를 봉안해 놓으니, 대중들이 보고 신심을 일으키고 있고, 장애인들도 언제든 와서 북카페에서 편안하게 책도 읽고 차도 마시면서 쉬었다가 가면 좋겠다'라고 말씀하셨었다. '법구경' 전부를 1,000점의 수어 하는 부처님으로 표현하는 것이 참 힘든 작업이었다는 것을 알기에 본각 스님의 큰 원력에 절로 숙연해졌었다.

오랜만에 다시 찾은 금륜사는 몇 년의 세월이 흘렀는데도 푸른 여름빛으로 서 있었고 코로나19의 여파로 경내는 조용했다. 천불수어만다라는 불교가 말하는 인류애와 삼라만상을 고스란히 담아내고 있었고, 그림에서는 "누구나 부처가 될 수 있다"라는 부처님의 평등한 가르침이 전해져 오고 있었다.

1,000점의 수어로 '법구경' 내용을 온전히 담아내지 못한 부분도 있었겠지만, 이는 장애 불자와 일반대중 모두에게 상징적 의미가 크다. 누가 어느 때 보더라도 본각 스님과 화가의 원력은 빛바래지 않을 것이다. 그것만으로도 장애와 비장애 구분 없이 부처님 법을 배워가는 신심은 이어질 수 있다.

마침 현재 주지이신 효욱 스님이 찾아온 나를 반가워하며 출가 전 수어를 배웠던 이야기, 천불만다라에 대한 일화 등을 말해주셨다. 이 또한 좋은 인연으로 감사한 만남이었다.

효욱 스님께 "바깥에서 1층 법당으로 들어오는 경사로와 2층 법당으로 올라가는 엘리베이터 등 편의시설이 잘 갖춰져 있다"라고 하자, 스님은 "출입구 쪽 낮은 턱과 홈이 있는 부분은 이동식 간이 철판 받침대를 만들어 휠체어 이동에 불편함이 없도록 했다"는 설명을 덧붙였다.

스님은 간이 철판 받침대를 보여주며 "이는 장애인만 편리한 것이 아니라 어르신, 어린아이 그리고 사찰의 물건을 이동시킬 때도 쉽다"라고 알려주셨다. 스님의 의견처럼 장애인을 위해 만든 편의시설은 모든 사람에게 좋은 환경을 만들어 주고 있었다. 하지만 함께 편리한 시설을 사용해도 장애인만을 위한 시설로 여기는 경우가 있다.

'불교가 장애인에 대한 환경과 관심이 부족하다'라는 말을 종종 듣는다. 하지만 시선을 조금만 달리하면 금륜사같이 장애인에게 좋은 환경을 가진 절도 많고 열린 마음을 가진 스님들이 많이 계신다는 것을 알 수 있다. 세상을 살아가는데 어찌 만족할 환경만 있겠는가? 부족한 것이 있다면 누군가의 책임으로 미룰 것이 아니라 개선될 수 있도록 상하좌우의 모든 사람이 각자 위치에서 힘을 합쳐 노력해야 할 일이다. 그리고 그 노력의 시작은 자신이 서 있는 곳에서부터 먼저 실천하는 데서 비롯돼야 할 것이다.

능소화 핀 날에 보내는 편지

훈이 어머니 안녕하신지요? 뵌 지 참 오래되었습니다.

개화사에 핀 능소화를 보면서 문득 어머니 생각이 났습니다. 훈이도 그리워집니다.

직장을 퇴직하기 전까지 점심시간이면 사무실에서 가까웠던 개화사엘 산책 삼아서 들리곤 했었지요.

어느 해 이맘때쯤 개화사 앞에서 훈이의 물리치료를 마치고 집으로 돌아가는 어머님과 훈이를 우연히 만났던 날을 기억합니다. 사무실에서 자주 뵈었음에도 반색하며 반가워하시던 모습이 선명하게 떠오릅니다.

그때 어머니는 내게 물으셨지요. "우리 아이도 재활치료 잘 받아서 팀장님만큼 잘 걸을 수 있으면 좋겠습니다. 그렇게 될 수 있을까요?"

어머니께 얼른 대답하지 못하고 머뭇거렸었지요. 중증 장애가 있는 훈이도 잘 자라 자신만의 삶을 살 수 있을 것이라 말씀을 드리다가, 맘이 짠해져서 개화사 담에 붉게 핀 능소화가 예쁘다고 말끝을 흐렸었지요. 그날 오후 내내 어머니의 말씀은 나의 곁에 머물렀습니다.

그리고 날마다 물리치료실 앞에서 치료 시간을 기다리며 어린 훈이에게 낮은 목소리로 불러주던 어머니 노래도 지금까지 귓가에 남아 있습니다. 어릴 적 나의 어머니를 그립게도 했지요.

내가 어릴 적에는 재활치료를 받을 만한 시설이 대도시의 몇 곳이 있을 뿐이어서 시골에서 재활치료를 받거나 특수학교에 가는 것은 불가능한 일이었습니다. 부모님은 "조산아라 발육이 늦어 그러니 기다려 보라"는 의사의 말과 나이 들면 좋아질 거라는 기대가 희망의 전부였다고 합니다.

이러한 환경에서 장애가 있는 내가 밖으로 나가기는 어렵겠다고 말하는 이들이 많았지만, 고향의 환경은 오히려 나의 성장 과정에서 재활치료사의 역할을 했고 정서적으로도 좋은 영향을 주었습니다.

사립문과 나무울타리, 집 앞의 개울과 징검다리, 새들이 집을 지었던 뒤뜰, 김매는 어머니 따라가서 놀던 고구마밭 등등 참 아련하고도 고운 추억입니다. 또래 아이들과 잘 뛰어놀기가 어려웠던 나에게 그만한 놀이터는 더 없었던 것 같습니다.

까치발 걸음으로 울타리를 짚고 마당 둘레를 하루에도 몇 번씩 돌며 놀았다고 합니다. 어머니 말씀에 의하면 "울타리를 잡고 놀다 보면 다리에 힘도 생기고 걷는 연습도 되겠다 싶어 울타리를 놀이터로 만들어 주셨다"라는 것입니다. 어머니의 깊었던 고민이 묻어나는 말씀이기도 했습니다.

초등학교에 가려면 엄마의 등에 업혀 큰 개울을 건너야 했는데 매일 아침 어머니는 나를 업어 징검다리를 건네주시며 주문처럼 말씀하곤 하셨지요.

"이다음에 우리 딸, 네가 가고 싶은 곳엘 혼자 찾아갈 수 있을 만큼만 잘 크면 좋겠구나."

"……"

"너의 이름이 세상에 나는 것보다 사람의 맘을 어루만져 주는 일을 할 수 있다면 얼마나 좋을까? 엄마는 늘 그것을 위해 기도한단다."

그렇게 어머니의 등에 업혀 개울을 건너며 다녔던 초등학교 1학년의 날은 참 행복하였답니다. 어머니의 독백과 같았던 간절한 그 기도가 나를 이만큼이나마 키운 것이지요.

나를 등에 업고 개울을 건네주던 나의 어머니 마음과 치료를 기다리며 훈이를 위해 노래를 불러주던 어머니의 마음이 똑같음을 어찌 모르겠어요. 시대가 바뀌고 사회가 발전해도 장애인으로 사는 일은 어려움이 많고 그 자식을 바라보는 부모의 마음은 모두 같을 것입니다.

이제 청년이 된 훈이도 나와 같이 어린 시절을 행복하게 기억하고 있을 것입니다. 언젠가 그때처럼 개화사 앞에서 다시 만나 청년 훈이 소식을 전해주실 날이 곧 오겠지요. 우연히 스님을 뵙게 되어 반가이 차 한 잔 내려주시면 더없이 좋을 그날을 기다립니다.

지하철 6호선과 절

　사람들은 절하면 산사를 많이 떠올린다. 하지만 서울에서는
어디에 있든 지하철역과 연결된 곳이 많다. 그리 연결된 절은
도심 속의 산사같이 존재한다.

　장애인을 늘 만나다 보니 그들이 사는 지역사회에서 쉽게
갈 수 있는 절을 알려주기 위해 직접 답사하곤 한다. 그때마다
지하철역에서 도보로 10분 이내에 있는 절이 많아 절은 사람
들의 생각처럼 멀리 있지 않고 우리 일상 속 가까이 있음을 느
끼게 된다.

　좋은 예가 지하철 6호선 주변에 있는 절이다. 안암역에 개운
사와 보타사 그리고 대원암이 있고, 보문역에 보문사, 창신역
에 삼각산 청룡사, 좀 멀리 구산역에 수국사가 있다. 그중 안
암역에 있는 대원암과 보타사는 조계사의 말사인 개운사의 선
내암자다.

　개운사에서 골목길로 100여 미터 들어가면 1845년 우기 스
님이 창건했다고 전해지는 대원암이 먼저 나온다. 10여 년 전

승가원에 장애아동의 입소 상담을 하러 갔던 길에 처음 들린 절이다. 1926년 석전 한영 스님이 불교전문강원을 설립하여 근대 교육을 시행하여 석학들을 배출한 곳으로 신석정 서정주 이광수 조지훈 김달진 등 한국 근대문학의 대표적 인물들이 젊은 시절의 학인이 되어 공부하거나 스님의 지도를 받은 곳이다. 덩그러니 작은 건물 한 채지만 안내문의 설명은 값을 매길 수 없는 무형의 가치가 있는 큰 도량임을 짐작게 했다.

보타사는 참 그림과 같은 아주 작은 절이다. 현재는 마애보살좌상 문화재 정비사업으로 공사 중이라 접근이 어렵다. 대웅전 뒤편 암벽에 조각된 마애보살좌상의 조성 시기로 미루어 볼 때 고려시대에 창건된 것으로 추정하고 있으며 칠성암으로 불렸다. 보타사에는 금동보살좌상과 마애보살좌상이 보물로 지정되어 있다. 마애보살좌상은 다소 비스듬한 신체 어깨가 넓어 당당한 기운을 풍기고, 금동보살좌상은 현재 드물게 남아있는 조선 초기의 불상으로 공사 중인 관계로 현재 대원암에 모시고 있다.

지난봄에, 보타사에 갔을 때 공사 조감도를 살펴보는 내게 절의 종무원인 듯한 한 거사님이 전각 증축, 진입로 정비 등 공사가 마무리되면 저 밑에서 마애불이 있는 곳까지 엘리베이터가 설치돼 편하게 올라올 수 있을 것이라는 설명을 친절하게 해주었다.

계절마다 다른 느낌의 작은 계단을 올라 안양(安養)에 들 듯 좁은 일주문을 들어가 마애보살좌상과 마주 서는 옛 풍경은 사라질 것이니 아쉬움이 크다. 그러나 장애인과 어르신 등 이동 약사들이 접근하기 쉽게 편의시설이 갖춰진다니 기쁜 일이다. 공사가 끝날 무렵이면 코로나19도 잠잠해져서 장애 불자들과 6호선 따라 사찰 나들이를 진행할 수 있기를 바란다.

이 절들을 장애 불자들과 기행하고 수국사 초전법륜상 앞에서 스님의 범문을 듣는 것으로 마치는 하루 사찰 기행은 작년에 계획했던 장애인 불교문화 체험 행사였다. 코로나19가 점점 기세를 더하니, 1년을 미룬 계획은 올해도 시행하기는 어려울 듯싶다. 그러나 장애 불자와 답사 정보를 공유하는 것만으로도 각자 개인적으로 절에 갈 수 있도록 하는 안내가 될 것이다.

장애인을 만나면 다소 불편함이 있더라도 자신이 사는 지역의 절에 자주 가기를 권한다. 스님과 불자들과 자주 만나 소통을 해야만 이해와 공감대가 형성되고 장애인이 편히 갈 수 있는 절의 환경 조성이 될 수 있기 때문이다.

법적으로 공공장소에는 장애인편의시설을 설치하게 되어 있어 절마다 경사로, 장애인 화장실 등 기본적인 편의시설은 갖추어져 있는 곳이 대부분이다. 이제는 장애의 종류도 지체장애, 뇌 병변 장애, 시각장애, 청각장애, 발달장애 등 다양함으로 각 장애 특성에 맞는 "장애인을 대할 때의 예의"를 알아두고, 장애인의 말을 귀 기울여 들어주는 것이 중요하다.

국립중앙박물관 가는 길

　하늘에 열돔이 쳐진 듯 날은 덥고 코로나19는 방역 4단계에
도 꺾이지 않고 우리의 발목을 잡고 있다. 창밖에서 매미도 대
단한 여름이라고 목청을 높이는 오후 국립중앙박물관 나들이
를 나섰다. 코로나19 방역의 하나로 관람객 제한 사전 예약제
를 시행하고 있어 예약을 해두었지만, 더위 속에서 망설여지
기도 했다.

　회기역에서 이촌역 방향 경의중앙선 전철을 기다리는데 젊
은 여자 한 명이 동묘앞역에 가려면 무엇을 타야 하는지 물어
건너편 승차장에서 인천과 수원행 1호선을 타라고 알려주었
다. 그녀는 어눌한 내 말에 믿음이 안 갔는지 옆에 섰던 사람
에게 다시 묻더니 나와 같이 경의중앙선을 탔다. 그녀는 열차
가 왕십리역을 지나자, 이상함을 느꼈는지 다시 한 어르신에
게 물었다. 어르신은 힐긋 그녀를 쳐다보며 "차 잘못 탔수, 지
금 하는 핸드폰 검색은 멋으로 하우?"라고 답을 짧게 했다. 어
르신의 짧은 대답과 급히 차를 내리는 그녀를 바라보다가 "에

고" 하며 한숨이 나왔다.

내 뒤에 줄 서 계신 것을 먼저 타시라고 자리를 바꿔 드린 어르신인 데다 그녀에게 타라는 손짓으로 성의 없이 대답해 준 사람의 어정쩡함과 그녀에게 유쾌하지 않았던 내 기분이 서로 얽혀 나온 한숨이었다. 만약에 그녀가 나의 말을 들었다면 일어나지 않았을 해프닝이기도 했다. 나의 외모와 그녀의 태도는 일상에서 종종 그려지는 상관도이기에 그녀에게 작은 깨달음이 있는 날이길 바라는 마음이었다.

이촌역에 내려 도착한 국립중앙박물관은 오가는 사람이 별로 없었다. 안에는 불교조각실과 불교회화실이 별도의 전시 공간으로 있다. 불교조각실은 삼국시대에서 조선시대까지 한국 불교 조각의 시대적인 흐름과 불교 도상에 따른 주제별로 전시되어 있다. 먼저 입구를 들어가면 통일신라와 고려시대에 제작된 대형의 석불과 철불들이 있고 또한 소형의 금동불상을 시대별, 주제별로 감상할 수 있게 하여 한국 불교 조각의 특징과 조형미 등 다양한 면모를 살필 수 있다.

2층 불교회화실에서는 국보 제299호 '공주 신원사 괘불'이 전시되고 있었다. 괘불은 높이 10미터, 너비 6.5미터, 무게 100kg이 넘는 대작으로 열아홉 폭 삼베를 이어 만든 화폭의 중앙에는 노사나불이 모셔져 있다. 그리고 탑, 석등 등 다양한 석조물이 정원처럼 조성된 야외 전시장은 산책하듯 관람하면 좋다.

일 년에 두 번 정도 장애인들과 박물관 나들이를 하고 있다.

장애인들은 해외에서 온 기획전시, 신원사 괘불 전시와 같은 특별전시 등이 때마다 있어 새로워한다.

중증장애인들이 사찰의 경내까지 들어가기는 쉽지만, 법당 참배는 실질적으로 어려운 면이 많다. 경사로와 편의시설이 갖춰진 사찰의 외경은 두루 둘러볼 수 있지만, 전각마다 모셔진 불상들은 각각의 다름과 특성이 있음에도 문밖에서 참배 후 살펴보아야 한다. 문화재보호법 등 여러 가지 이유로 법당의 편의시설 설치가 어려운 현실에서 박물관은 불교문화를 전반적으로 살펴보고 이해할 수 있는 좋은 공간이다.

박물관을 나오며 꾸준히 개선되고 있는 장애인의 불교접근권이 좀 더 좋아지기 위해서는 여러 방편이 필요하다는 생각을 했다. 스님들께서는 절을 찾는 장애인을 친절히 맞아주시면서 절의 전각 한 곳을 장애인이 들어가 참배할 수 있는 공간으로 정해 편의시설을 갖추는 노력을 해주셨으면 하는 바람이다. 사회, 문화, 예술 등 불교단체에서는 장애인이 함께 활동할 수 있도록 문을 넓혀주고 몇 년 새 크게 발전한 불교 콘텐츠의 하나로 장애인 포교에 관심을 두는 분위기 조성에도 뜻있는 불자들의 동행이 필요하다.

삼겹살 살구꽃

가을장마가 진다고 하더니 비가 온다. 잠시 비가 그친 틈을 타서 나선 봉은사 경내의 풀숲에서 풀벌레가 울고 아직 지지 않은 연꽃잎에도 젖은 가을빛이 돈다. 세상은 어찌 돌아가든 지 간에 계절은 제 할 일을 해야 하겠다고 뚜벅뚜벅 순환의 걸음을 걷고 있다. 우리도 그래야 하지만 얽히고설킨 세상살이에서 그리 안 되는 것이 사실이다.

예상보다 절에는 사람들이 많이 오갔고 백중기도 회향 준비를 하는 모습들이 분주하다. 전각마다 문밖에서 반 배로 삼배를 드리면서 경내를 한 바퀴 돌았다.

굳게 닫힌 판전 문 앞에는 비둘기 한 마리와 참새 여러 마리가 모여있었다. 비둘기는 작은 포대에 담긴 쌀을 열심히 먹고 있다. 그 밑에서 참새들이 함께 먹자는 듯 비둘기를 향해 일제히 고개를 들어 쳐다보기도 하고 포대 가까이 날아보기도 하지만 비둘기는 미동도 없이 열심히 포대를 쪼기만 했다. 비둘기와 참새는 누군가 닫힌 문 앞에 불심으로 올리고 간 쌀을 먹고 사니 복 받은 인연이다. 판전 안에 모셔진 화엄경, 금강경, 유마경 등 3,480여 점의 경판의 내용도 익히고 날아갔으면 하고 바라봤다. 절 안에 살면서 보고 듣는 것이 부처님 법과 말씀이니 사람처럼 말로 표현은 못 해도 그 수행의 깊이는 깊을 수도 있지 않을까?

이런 참새와 비둘기의 모습을 사진으로 몇 컷을 담았다. 비둘기와 참새를 지켜보던 나처럼 나를 지켜본 듯 노 거사님 한 분이 말을 건네셨다. 절 입구에서부터 전각을 도는 동선이 같았던 거사님이다.

"한 컷 찍어줄까요? 아까 연꽃도 열심히 찍던데." "아~아 아닙니다. 감사합니다."

엉겁결에 인사를 하고 보니 대한불교조계종 포교사단의 포교사셨다. 마스크 때문에 몰라뵈었다고 말하자, 봄에도 만났었다고 답을 하셨다. 신체적으로 남과 다른 개성이 있으니 나는 기억을 못 해도 상대는 기억하는 일이 많다.

포교사님과 다래헌 앞을 지나는데 배롱나무가 예쁘게 피었다. 포교사님은 배롱나무에 꽃의 자리를 내주고 푸르게 선 살구나무도 봄에는 참 환하게 피는 것을 아는 사람은 별로 없다고 하셨다. 나 역시 그랬었다. 봄이 되면 봉은사 영각 옆의 홍매화를 보기 위해 찾곤 했지만, 살구나무는 눈에 들어오지 않았다. 재작년 봄, 영각에서 멀리 바라보이는 다래헌 앞 연분홍 꽃에 이끌려 가보니 살구꽃이었다. 바람결에 하염없이 지는 꽃잎을 바라보니, 아주 오래전 봉은사 선지식 초청 일요법회에서 "마음을 쉬게 하고 비우면 그 마음과 그 자리가 곧 부처다"라는 선에 대해 법문을 하시던 노스님이 떠오르기도 했었다.

언제나 찾아가면 우리 정서를 맑게 해주는 전통 사찰, 그 속에서 만나는 큰스님의 법문은 바로 마음을 닦고 수행해야 함을 새기게 된다. 살구꽃을 보면서 노스님의 법문이 떠올라 마음을 다잡은 것처럼 일상사에서 부처님 말씀과 큰스님 법문은 수시로 길잡이가 되어 주고 있다.

포교사님은 언제나 바른 수행을 해야 함을 강조하며 봉은사 일주문을 나가셨다.

내년 봄에도 살구꽃 활짝 핀 경내에서 노 포교사님의 수행 이야기를 들을 수 있기를 바라며 시 한 편을 카톡으로 보내드렸다.

심검당 살구꽃

노스님이 심검당 댓돌에 앉아 넋 놓고 앉았더니
몇 해 피지 않던 살구꽃이 환히 피었다.
대적광전의 잔잔하던 목탁 소리 그치고
사람들은 산 아래로 내려갔다.

간혹 바람이 불어 살구나무를 흔들어 대고
해는 서산을 넘어간다 하고
대웅전 범자문 지붕 위로 낮달이 올라왔다.

땅거미를 부르고 어둠을 놓고 날아가는 저녁 새는
심검당 노스님의 오도송을 물고 숲으로 들어갔다.
달빛은 밤 깊도록 부는 바람과 놀고 나서
누구를 향해서인지는 알 수 없으나 삼배를 하였다.

스님은 어디 가셨는지 살구꽃만 져서
심검당 뜰이 온통 하얀데
바람은 꽃잎을 떨구고 어디로 갔나
꽃은 지는데 아무도 없다.

일흔여덟의 사진사와 교장선생님

　인연이 어떻게 오는지 알 수 없지만 소중한 것은 분명하다. 오늘은 두 분의 인연 이야기를 하려고 한다.

　일흔여덟의 사진사의 생애 첫 전시회를 도와드리는 중이다. 보리수아래 행사 때마다 자발적으로 와서 사진을 찍어주는 자원봉사자이다. 행사 때마다 사진작가 포교사님이 행사 전체 기록을 해주고 일흔여덟의 사진사는 장애 불자 개인에 초점을 맞춰 자료를 남겨주신다.

　일흔여덟의 사진사는 수년 전 집에 도둑이 드는 사고로 장애인이 되었다. 왼손에 카메라를 들고 기대서거나, 전동휠체어에 앉아 사진을 찍는다. 한 손으로 카메라를 다루기 위해 같은 동작을 수천 번 반복하는 노력을 했다고 한다.

　항상 그 마음이 고마워 어떻게 보답해야 하나 고민을 하다 장애인복지관이나 단체의 전시회에 참여했던 자료를 정리하시라고 했다. 이유는 사진작가로서 한국예술인복지재단에 예술인증명을 받게 해드릴 수 있을까 해서였다. 글을 쓰고 그림을 그리는 보리수아래 장애 회원들이 예술인 증명을 받게 했던 것처럼 가능하여, 작년 여름에 예술인 증명을, 올봄에 예술활동창작준비금을 받게 해드렸다. 현재 그분의 꿈이었던 팔순의 첫 전시회 준비를 돕고 있다.

선운사 등 각지에서 찍은 많은 사진에서 전시 사진을 선별하면서, 사진을 첨 배우던 시절 얘기를 하셨다. 6.25 직후 고향인 홍성에서 초등학교에 다니다가 아버지 친구인 스승에게 사진을 배웠다고 한다. 스승은 한자, 서예, 인장 등을 함께 가르쳐 학력이 없는 자신이 사진사 생활을 제대로 하게 했다며 목이 메셨다. 스승은 독실한 불자여서 암실에서 사진 인화 작업을 하면 인화 시간을 시계로 재지 않고 경전을 독송으로 시간으로 재셨는데 그 덕에 자신도 불교 경전이 낯설지 않다고 했다.

사진사로서 첫 일터는 수덕사였다고 한다. 수덕사에 기거하며 참배 온 이들의 관광 사진을 찍고, 다음날 홍성 시내로 나가 인화해서 우편으로 보내주었다 한다. 그 당시 수덕사에는 쌀 한 가마니를 보시하면 1년을 묶을 수 있었다며 웃으셨다. 중간에 여러 직업을 갖기도 했지만, 자신은 역시 사진사라는 말로 추억담을 마무리하셨다.

사진 선별을 끝낼 무렵, 보리수아래 화엄사 템플스테이 사진도 넣고 싶은데 마땅한 게 없다고 하시기에 화엄사 사진은 다음을 기약하자고 했다. 그리고 액자 제작과 안내지 제작할 때 뵙자는 약속을 하고 헤어졌다.

나 자신이 장애인이고 장애인복지단체에 오랫동안 근무했던 인연으로 종교를 초월해 보리수아래를 사랑하는 분들이 있다. 그분들 중에 특수학교 교장을 지내셨던 선생님이 계신다. 직장에서 장애인 작품 심사를 청탁하면서 인연이 시작된 교장 선생님은 교직 생활 동안 보리수아래와 같은 장애인 활동은 처음이라며 관심을 가지셨다. 이후 선생님께 보리수아래 소식을 꾸준히 전해드리고, 가볍게 읽을 수 있는 불교 서적을 보내드리곤 했다.

어느 날 선생님께서 "나이가 드니 불교에 맘이 가요"라고 하시기에 비불자들도 재밌게 읽는 송강 스님의 부처님의 생애, 스프링 금강경 등을 더 보내드렸다. 선생님은 삼보의 의미를 물어보시기도 하고 지인에게 보내는 안부 메일에 경전 문구를 넣기도 하신다. 또한 가까운 이에게 불서를 보내기도 하셨다.

이 두 분은 불자가 아니지만, 어느 생엔가 불교와 깊은 인연이 있으셨던 분이라 생각된다. 종교를 떠나 다가온 이분들이 과거의 불교와의 인연을 회상하거나 처음 접한 부처님 말씀한 구절을 기억하며 불교 용어를 이해하는 것은 참 소중한 변화다. 어른을 공경하는 맘으로 해드린 일들이 잘 전해진 것 같기 때문이다.

통계상으로 전체 불자의 수가 줄고 있고 더군다나 장애 불자의 수는 아주 소수다. 이런 환경에서 더욱 어려운 장애인 포교는 장애인 불자만으로 테두리를 치지 말고 문을 열어 관심을 끌게 해야 한다. 이제 일반 장애인계에 장애 불자들의 활동이 알려져 "보리수아래"란 단어로 불교와 장애인을 동시에 떠올리는 사람이 많다. 그들을 어떻게 더 가까이 오게 할지 늘 고민이다.

　도움도 주고, 함께 어울리게도 하면서 가랑비에 옷 젖듯 일상에서 불교를 알게 하는 것이 포교의 첫걸음인지도 모른다.

안동 봉정사 단상

    가을의 초입에서 안동 봉정사를 다녀왔다. 안동 대원사 주지 도륜 스님께 보리수아래 수계법회 전계사로 청하고자 갔던 길에 들린 것이다. 대한불교조계종 장애인전법단장을 맡고 계신 스님과 점점 좋아지고 있는 사찰의 장애인 환경에 관한 이야기도 나눈 후, 대원사에서 나와 봉정사로 향했다. 참으로 오랜만이다.

    시간이 어중간해 택시를 탔다. 억센 안동 사투리를 쓰시는 운전기사는 봉정사에서 나오는 길에 버스 시간이며 만약 택시를 탈 때 기차역까지 어느 길로 가면 거리가 빠르고 요금이 적게 나오는 것까지 자세히 설명해 주었다. 봉정사에 도착해서도 매표소에서 절차를 밟아주시고 대웅전 입구까지 태워주셨다. 감사하다는 인사를 하니 버스를 놓치면 연락하라는 인사를 하며 운전기사는 절을 내려갔다.

    금잔화가 가득 핀 경내는 평일이라 그런지 사람이 없었다. 바람도 없고 새소리만 들리는 그림 같은 산사의 평화로운 풍경 그대로다. 지고 있는 봉숭아나 간혹 보이는 상사화, 햇살이 비치는 전각에도 가을빛이 돌고 있었다.

조선시대 초기의 건축 양식을 잘 보여 주는 대웅전과 현존하는 우리나라의 목조건축 중 가장 오래된 건물인 극락전 참배를 마치고 나왔다. 국보인 두 곳을 참배하고 나오니 전각 주위에서 서너 사람이 사진을 찍는 등 여러 작업을 하고 있었는데 절 입구에 배너로 세워졌던 디지털 콘텐츠화 작업을 하는 듯했다.

대웅전 옆 동향으로 서 있는 화엄강당은 온돌방 구조를 갖춘 건물로 스님들이 교학을 공부하던 곳이라 하고 극락전 옆에 고금당도 조용히 서 있다. 이 두 건물은 같은 시기에 같은 목수에 의하여 건축된 조선시대 중기 건축 양식으로 보물로 지정되어 있다. 불교 문화재를 보는 눈이 없어도 가지런히 배치된 봉정사 구조는 잠시 둘러만 봐도 아기자기하면서도 단정하고 고풍스러운 산사의 모습을 볼 수 있고 경건함을 느끼게 한다.

극락전 앞 삼층석탑은 고려시대의 오랜 세월만 담은 듯 조촐히 서 있다. 그리고 1999년 봄에 영국 여왕이 극락전을 돌아보고 삼층석탑 앞에서 기왓조각으로 돌탑을 쌓고 축원했던 장소라 안내 표지판이 있는 곳에는 작은 돌들이 쌓인 커다란 돌무더기 돌탑이 있었다. 여왕이 다녀간 후 그 자리를 오간 사람들이 쌓은 작은 돌탑들의 모임처럼 보였다.

고금당 뒤 산길을 조금 오르면 산신, 칠성, 독성을 함께 모신 삼성각이 있었다. 삼성각을 오르는 길에는 보호색을 띤 개구리가 눈을 멀뚱거리며 앉아 있다. 삼성각 참배를 내려오는 길에 보니 개구리가 있던 자리에서 한쪽 문이 열린 대웅전이 멀리 보였다. 대웅전 안에서는 한 사람이 열심히 절을 하고 있었다. 무엇을 기도하는지 모르지만 원하는 바 이루기를 바라는 나의 마음을 실어 주었다.

그리고 경내를 돌아보면서 휠체어 이동이 가능한 동선도 살펴보았다. 늘 여행을 가면 습관처럼 하는 체크이다. 법당에는 들어갈 수 없으나 기본적인 편의시설이 갖추어져 있고 스님들께서 반기시니 경내 참배는 무리가 없어 보였다. 이번에도 장애인이 가기 좋은 절 자료집을 내고자 세운 서원을 대웅전 부처님께 올렸다.

봉정사에서 동쪽으로 약 100미터 떨어진 곳에 산내 암자 영산암이 있다. 영화 "달마가 동쪽으로 간 까닭"과 "나랏말싸미"의 촬영 장소로 유명하다. 우화루의 낮은 누하문을 들어서면 우리나라 10대 정원인 영산암 정원이 나오고 ㅁ자로 배치된 응진전, 염화실, 송암당, 삼성각, 관심당이 있다.

잠시 응진전 앞 툇마루에 앉아 있자니 사람들은 불자가 아니어도 이래서 암자를 찾는 것은 아닐지 하는 생각이 스쳤다. 나 역시 그곳에 영산암이 있어서 간 것이지 그곳에 혹시 암자가 있을까 하면서 그곳을 찾아가지 않을 테니까. 지금 앉아 있는 이 공간에 영산암이 없었다면 얼마나 적막했을까! 마음의 길이 있는 암자로 가는 설렘을 가보지 않은 사람은 모를 것이다.

영산암으로 오르는 계단은 많은 사람이 카메라에 담는 명소로 알려져 있기도 하다. 나도 한 컷 카메라에 담으려 하니 초가을 햇살이 오래된 우화루에 부딪혔다가 영축산에서 부처님이 법화경을 설할 때 내린 꽃비처럼 계단 위로 쏟아져 내렸다.

홍천사 무량수전에는 턱이 없다

잔뜩 흐린 일요일 아침에 돈암동 홍천사로 향했다.

수년간 큰 불사를 해온 홍천사는 문화재 복원 불사 등 앞으로도 긴 불사를 이어갈 것으로 보였다. 역사와 자연, 사람이 함께하는 전법 도량으로 내일의 미래가 기대되는 절, 꿈이 이루어지는 곳으로 큰 원력이 담긴 것이리라.

홍천사는 태조 이성계가 왕비인 신덕왕후의 명복을 빌기 위해 건립한 조선 왕실의 원찰이었다. 정릉 동쪽에 세워졌던 큰 절이었지만 두 차례 불이 나서 폐허가 되었다가, 현종 때 홍천사와 같은 뜻의 신흥사라는 이름으로 재건되었다고 한다. 이후 정조 18년에 현재 자리로 옮겨 홍천사를 계승했고, 고종 2년에는 홍선대원군의 지원으로 중창한 뒤 홍천사라는 이름을 다시 갖게 됐다고 한다.

성신여대입구역에서 마을버스를 타고 편도 1차선의 오르막길을 올라 도착한 홍천사는 아파트 숲과 자연의 숲이 만나는 곳에 있다. 극락보전, 명부전, 대방, 용화전, 독성각, 북극전,

종각, 노전 등 전각과 삼각선원, 느티나무 어린이집이 병풍처럼 서 있는 산새에 오밀조밀 어울려 있다.

빗방울이 떨어지는데도 아이와 젊은 부부가 우산을 들고 산책을 나온 듯하고 극락보전과 용화전 앞에서 사진을 찍는 사람도 있다. 비옷을 입은 한 노인은 귀에 익은 대중가요를 흥얼거리며 전법회관 앞에서 비를 피하고 있다.

누가 오더라도 절 경내는 어느 곳이든 어색함 없이 마음 편히 오갈 수 있는 공간이었다. 코로나19로 마음대로 집 밖을 나오지 못하는 불안한 시기에 홍천사가 가벼운 산책을 하며 힐링하는 기회를 제공하였을 터이다. 나누고 회향하는 마음으로 자연을 살리고 지역 사람들에게 행복을 전해줄 수 있는 안식처가 되고 있고, 주변이 아파트로 둘러싸여 있는 것은 포교의 좋은 환경이라 짐작되었다.

2020년 10월에 개관한 홍천사 전법회관을 오늘에야 처음 둘러보았다. 작년과 올해 홍천사를 몇 번 들렀음에도 코로나19로 조심스러운 마음에 전각 안에는 들어가지 않고 전각 밖에서만 합장 반 배로 참배만 했고 전법회관에는 궁금증 가득한 맘만 갖고 있었다.

전법회관은 지상 3층과 지하 1층 구조로 1층에 종무소와 식당, 2층에 무량수전과 청소년실, 3층에 약사전, 지하 1층에 지장전이 있었다. 엘리베이터가 전 층에 있고 어느 곳에도 턱이 없다. 휠체어 장애인들이 법당에 자유로이 들어가 참배도 하고 법문도 들을 수 있는 구조라 반가웠다. 잘 되어 있으리라 짐작은 했으나 편의시설이 잘되어 있음을 확인하며 어찌 기쁘지 아니하겠는가!

엘리베이터를 타고 2층으로 올라가니 무량수전에서 일요법회가 진행 중이었다. 거리두기를 지켜 앉은 소수의 신도만 참석한 가운데 주지스님께서 범천과 윤회, 사람의 몸을 받기 어렵고 부처님 법을 만나기도 어려우니 수행을 잘해야 하며, 지금, 이 순간이 수행할 최고의 순간이니 늦었다 생각하지 말고 실천하라는 법문을 하셨다. 법문이 끝난 후, 경사로가 있고 턱이 없는 지하 1층의 지장전도 참배하였다.

그리고 홍천사 근처에 사는 장애인 친구에게 전법회관 내의 사진을 찍어 보내주었다.

홍보가 되지 않아서 그렇지, 홍천사 전법회관과 같은 시설이 있는 절들이 꽤 있을 것이다. 대구의 동화사도 홍천사와 비슷한 환경이라는 이야기를 들은 적이 있다.

이렇게 장애인이 접근하기 좋은 환경으로 바뀌고 있는 절의 환경을 알 수 있도록 홍보하거나 자료로 만드는 것이 필요한 때가 된 듯하다. 그래야만 사찰에 가면 무조건 불편하다는 일반적 편견도 줄이고, 편의시설 확충이 필요한 곳에는 모델을 제공해 줄 수 있을 것이다.

홍천사를 나오며 어디선가 읽은 "행복해지려면 혼자서 말고 손잡고 오르라"라는 무산 큰스님의 세상과 사람에 대한 가르침을 새겨보았다.

공룡천지 국화천지 조계사에 꽃이 지다

10월, 한 달 종로의 조계사는 국화천지, 공룡천지였다. 조계사 경내에 부처님 탄생과 열반에 이르기까지의 모습을 국화로 장식한 부처님들은 불자는 물론 일반 시민들도 국화의 정취를 느끼며 가을을 즐기게 했다.

그리고 사방 천지에 국화 향기를 풀풀 날리며 날아오르고 뛰어다닐 것 같은 국화공룡을 본 지인들이 왜 갑자기 조계사가 중생대로 돌아갔느냐, 언제부터 공룡이 출몰했느냐면서 사진을 보내오기도 하였다. 경내를 오가는 사람들 곁을 스쳐 가다 꽃을 대하는 사람들의 시선이 다 다르다는 것을 알게 되었다. 국화꽃 속을 거닐며 부처님의 삶과 어우러진 국화꽃을 그대로 아름답게 느끼는 이도 있고 이것은 왠지 마음에 안 들고 저것은 좋고 하면서 조화로운 전체 풍경을 보지 못하는 사람도 보인다. 이것은 아주 사소하지만, 가만히 바라보면 꽃향기 가득한 풍경은 도심 속 고요한 경내에서 서로가 서로에게 무언의 가르침을 주고 있다. 또한 여유 없는 맘으로 각박하게 타인을 돌아볼 겨를이 없는 사람이라면 좋아도 좋다고 느낄 여유가 없음에 다 그런 세상 풍경으로 흘려보낼 수 있다. 당장은 그렇더라도 계절이 바뀌고 나면 그리운 시절로 기억할 수도 있다.

바로 보아야 할 것을 바로 보지 못하고 보지 않아야 할 것에 눈이 가고, 바로 들어야 할 것을 바로 듣지 못하고 듣지 않아도 될 것들에 먼저 관심이 가는 우리들이다. 순간 서 있는 이 자리에서 다양한 인연들과 만나 일어나는 마음의 변화를 잘 관찰하고 조절하며 삶을 살아내는 것을 국화 송이마다 배우게 된다.

국화꽃으로 곱게 단장한 탄생상에서 열반상까지 부처님상을 따라가다 보니 부처님의 가르침은 한결같을 테지만 앉아서 배울 수 있는 것과 길 위에서 배울 수 있는 것이 방편처럼, 시간의 흐름처럼 다른 것은 아닐까 싶다. 부처님처럼 길 위에서 사람들 속으로 한 발짝 먼저 다가가 세상 누구라도 만나 소통하는 수행의 삶을 배워야 하는 계절인 것 같다.

꽃 속을 거니는 사람, 대웅전을 바라보며 기도하는 사람, 벤치에 앉아 커피를 마시며 담소하는 사람, 그리고 남녀노소, 조계사 경내는 모든 대중이 다 모인 작은 세상이다. 부처님의 길을 따라가는 수행의 길에 큰 공룡 몇 마리가 호위무사가 돼주니 더욱 좋다.

지나가는 사람들이 아는 척을 하며 인사를 하고, 또 어떤 이는 사진을 찍어달라고 해서 장애 때문에 사진이 흔들리니 다른 분에게 부탁하라고 하자, 내게 미안한 기색을 하며 지나갔다. 디카로 사진을 찍는 내게 사진을 찍어달라 부탁하면 뇌성마비 장애로 타인의 사진을 찍어주는 일은 어려워 거절하면서도, 부탁한 이에게 미안한 적이 많다. 나는 찍어주질 못해 미안하고 부탁한 이는 장애가 있는 내가 자신의 부탁으로 상심하지는 않을까 하며 미안해했을 것이다.

탑 앞에 서 있자니 2주 전 같은 날 공연을 했던 사람이라며 합장 인사를 하며 다가왔다. 10월 15일부터 3일간 조계사 마당 야외무대에서 2021 불교문화대전 비대면 녹화가 진행되었다. 장애인들도 불교문화예술단체들과 함께 한 공연이기에 장애 불자들에게 큰 의미였다. 장애 불자 작사 작곡 노래, 시낭송, 발달장애피아니스트의 피아노병창 등으로 꾸몄으며 시낭송 부분에는 수어 통역을 넣어 의미를 더했다.

주관 부서인 대한불교조계종 문화부에서는 무대 경사로 설치, 공연장 오가는 일 등 장애인을 위한 세심한 배려를 아끼지 않았다. 함께한 단체들도 진행 회의에서 중증장애인을 위한 자원봉사자 배치 등 고려 사항을 먼저 챙겨 장애인에 대한 인식개선 정도를 짐작케 하였었다. 이 또한 가을날의 아름다운 풍경이었다. 극락전 앞 열반상 부처님이 공룡천지 국화천지 조계사에 국화꽃이 지고 아름다운 시월이 가고 있다고 말씀하셨다.

국내 최대 아미타대불과 원형 법당의 홍법사

부산행 기차를 타고 가다 보면 부산에 접어들어 차창 밖으로 황금빛 아미타대불이 보인다. 부산에 갈 때마다 평지 한가운데 아미타대불이 자리하고 있는 절은 어떤 절인지 궁금했다.

바로 금정산과 철마산 자락이 연잎처럼 둘러싸인 곳인 홍법사다. 평지에 자리 잡고 있어 누구나 접근권이 좋다. 2009년 봄에 조성한 전통과 현대적인 건축문화가 잘 어우러진 원형법당은 부처님의 법은 원융무애(圓融無碍)하여 일체중생에게 두루 평등하게 비침으로 차별 없는 진리의 세상, 즉 정토를 나타내는 법당이다. 원형법당 맨 위에는 기차 안에서 보였던 아미타대불이 자리하고 있는데 그 높이는 21m, 건물의 높이까지 합하면 45m로, 좌불로는 국내 최대의 불상이라고 한다. 홍법사의 원대한 포교 원력을 전해 들은 달라이라마 존자가 부처님 진신사리를 보내주셔서 아미타 대불에 봉안했다고 한다. 부처님 진신사리를 모신 아미타 부처님이 계신 곳, 곧 연화장세계, 극락세계다.

석가모니부처님, 관세음보살님, 지장보살님을 모신 원형법당 대웅보전 안은 2층의 통층 구조로 현대식 건물의 외부와는 달리 단청을 입혀 전통 사찰의 가치를 그대로 살리고 있었다. 법당 입구 쪽에서 삼배를 올리다 보니 삼존불과 아름다운 등의 불빛 속에는 부처님의 지혜와 복덕이 고스란히 존재하고 있음이 전해졌다. 천도재 기도 중이라 법당 내부를 세세히 살펴볼 수는 없었지만, 공간의 웅장함 속에 신도 수백 명이 앉아 일심으로 수행하는 모습이 그려졌다.

원형법당은 현대식 건물인 만큼 장애인들이 외부에서 접근하기가 쉽게 되어 있었다. 외부에는 원형법당 둘레 여러 갈래에서 경사로가 나 있고 대웅보전도 턱이 거의 없어 전동휠체어 등 장애인이 참배하기에 편하게 되어 있었다. 그리고 아미타대불도 엘리베이터가 있어 가까이서 친견할 수 있었다. 보리수아래 장애불자도 홍법사의 신도로 수행을 하고 있다. 사찰은 무조건 장애인 편의시설이 안 되어 있고 장애인이 불편하다는 인식을 바꾸는 노력이 있어야 하겠다는 것을 다시금 생각하게 되었다.

원형법당을 나와 오른쪽 숲길로 걸어가면 독성각이 나온다. 이 전각에는 창건주인 하도명화 보살이 평생을 원불(願佛)로 모셨던 나반존자가 모셔져 있다. 하도명화 보살은 19세에 불교와 인연을 맺은 후 신창농장 부지로 부산 대표 전법도량 홍법사 창건 기틀을 마련하는 등 포교를 위한 대작불사의 전개 등 70여 년간 전법과 부산불교 발전을 위해 헌신하였다. 부처님의 가피로 이루어진 재물은 마땅히 수행 정토를 위해 남겨야 한다는 하도명화 보살의 신심은 산과 같고 원력과 보시행은 바다와 같이 느껴지니 미진과 같은 존재인 나는 부끄럽기 그지없었다.

홍법사에 다니는 장애 불자들과 벤치에 앉아 신행 생활과 근황에 관한 대화를 나누고 있는데 기도를 마치신 홍법사 주지 심산 스님께서 나오셨다. 스님께서는 생명을 가진 모든 존재가 바라는 행복을 추구하도록 이끄는 것이 바로 수행이라 하시면서 20여 년 전 통도사 부산포교원에 주석하실 적에 장애인 포교와의 인연을 말씀해 주셨다. 홍법사는 장애인 편의시설이 두루 잘되어 있어 감사하고 장애인 편의시설 중 낮은 턱과 같은 것은 이동 조립식 경사로로 해도 편리하다고 말씀드리자, 스님께서는 조금의 시각만 바꾸면 모두가 편해질 수 있다고 하셨다.

요즘 사찰 환경은 장애인 편의시설이 잘되어 있으면 있는 대로, 또 조금 부족하면 부족한 대로 개선의 의지를 보이며 장애인들을 맞고 있다. 그리고 많은 스님께서도 수행 과정에서 장애인 포교에 관심을 두고 함께 하셨음을 알게 된다. 경전 속 장애인, 사찰 환경 등 장애인 포교의 관점을 긍정적인 시선에서 출발하여 잘 된 것을 찾아 알리고 부족한 것은 지속해서 개선의 노력을 해야 결실을 볼 수 있을 것이다.

겨울 표충사에서 미래를 생각하다

초겨울 하늘은 쨍하니 금이 갈 듯 푸르다. 표충사 가는 길은 엊그제 내린 비로 가을의 흔적이 완전히 지워지고 한적하기 그지없다. 그 길을 달려 도착한 표충사는 홍제교 건너에서 일주문이 먼저 반긴다.

이번 여행길은 겨울 표충사 참배와 더불어 부광시각장애인 불자회 지도법사이신 밀양 시적선원 진허 스님을 뵙는 일정이었다. 평소 혼자 여행이 힘든 장애 법우도 동행하였다.

먼저 진허 스님을 뵙고 법우와 표충사에 가는 일정이었지만 장애가 있는 우리를 배려해 밀양역까지 마중을 나오시고 표충사까지 안내를 해주셨다.

표충사는 경남 밀양에 자리한 통도사 말사로 임진왜란 때 승장 사명대사를 기리는 호국 도량이다.

표충사는 신라 원효대사가 창건해 죽림사라 불렀는데 절 주변에 대나무가 많아서 붙인 이름이다. 이후 인도 사람으로 짐작되는 황면 선사가 829년(흥덕왕 4년) 부처님 진신사리를 갖고 들어와 사리를 봉안할 삼층석탑을 세워 중건하고 영정사(靈井寺)로 이름을 바꿨다. 나병에 걸린 흥덕왕 셋째 아들을 치유하기 위해 약수를 찾아다녔는데 죽림사 약수를 먹고 완쾌돼 왕이 기뻐하며 가람을 중창케 하고 절 이름을 바꾸게 했다고 한다. 그 후 조선 숙종 때 다시 짓고 1839년 현종 5년에 사명대사를 기리는 사당을 짓고 표충사라고 하였다.

절의 풍경은 가람 뒤로 병풍처럼 둘러 진 대나무 숲에 바람이 없어 그림 같은 풍경이고 삼층석탑이 겨울 햇살을 받으며 유유히 섰다.

대광전에는 비로자나불이 아닌 석가모니불을 본존불로 모시고 약사여래불과 아미타불이 협시불로 봉안돼 있다. 원래 대광전은 비로자나불을 주존불로 모시는데 석가모니불을 주존불로 모신 이유의 자료를 찾을 수는 없었다.

경내를 한 바퀴 돌아보는 동안 진허 스님은 지팡이를 짚은 장애 법우가 법당 참배를 잘하도록 도와주시고, 전각과 전각 사이를 오갈 때는 법우의 느린 걸음에 속도를 맞춰 주셨다.

대광전 앞을 지날 때는 법우를 전각 쪽으로 서게 해서 안전까지 살피시는 모습이 익숙해 보이시니 시각장애인뿐만이 아니라 모든 장애인에게도 관심을 두고 살피셨음을 짐작하게 하였다.

법상선원 법상스님으로 알려지신 진허 스님은 부광시각장애인불자회와 인연을 맺은 것은 20여 년이 되었고 여러 스님이 함께 해주셨다고 하셨다. 부광시각장애인불자회는 부산 영주시장 2층의 금광명사를 중심으로 활동하고 있으며 시각장애인 스스로가 주체가 되어서 모임을 운영하고 스님들은 비빌 언덕이 되어 주고 있다고 하였다.

스님께서는 2017년 법당을 새로 마련하면서 세상에서 받은 것을 도로 회향하는 마음으로 열심히 기도하면서 봉사하고자 했던 회원들의 발원을 코로나19가 유행하면서 제대로 실천할 수 없었던 것을 모두 아쉬워하셨다. 코로나19가 얼른 종식되어 농촌의 경로당에서 어르신들을 위한 봉사를 펼칠 수 있었으면 하는 바람은 그대로 갖고 계셨다.

그리고 이동이 불편한 장애 불자들이 안정적으로 활동을 하려면 언제든 모일 공간이 있어야 하니 불교계에서 관심을 가져야 한다고 강조하셨다.

진허 스님은 통도사의 큰스님과 귀한 인연이 닿아 2022년에는 동국대학교 경주캠퍼스에서 공부를 시작하신다는 소식도 전해주시면서 끝인사로 부처님께 가는 길은 모든 장애 불자들이 손잡고 동행해야 하고, 혹 활동하다가 도움이 필요하면 연락하라고 하셨다.

11월 한 달 동안 부산, 안동, 안산, 춘천, 서울 등의 여러 장애 불자와 가족, 스님들을 찾아가는 여정이 표충사로 끝이 났다. 장애인 포교에 관심이 있는 스님들과 포교 현장에서 뛰고 있는 장애 불자 당사자들, 그들과 동행하고 있는 불자들이 힘을 합쳐 포교의 구심점을 만들어야 한다는 점을 확인하는 여정이었다.

표충사를 나오면서 장애인 포교가 하루아침에 크게 성장할
수는 없겠지만 상래가 어둡지 않음을 생각했다. 나 자신부터
삼보에 귀의하는 맘, 아나율과 주리반특의 맘으로 굳건한 수
행과 실천이 필요하다.

마음의 쉼표 하나

2024년 11월 15일 인쇄
2024년 11월 25일 발행

지은이   최명숙
발행인   이주현
발행처   도서출판 해조음

등 록   2002. 3. 15 제-3500호
주 소   서울 중구 필동로1길 14-6 리엔리하우스 203호
전 화   02-2279-2343
팩 스   02-2279-2406
E-mail   haejoum@naver.com

ISBN   979-11-91515-25-1 03810

값 13,000원